Nathalie

Souvenirs et soupirs

1re édition © 2007 Éditions Pratiko

Édition électronique :   Infoscan Collette inc.
Maquette de la couverture :   Nathalie Daunais

Diffusion pour le Canada :
DLL PRESSE DIFFUSION INC.
1650, boul. Lionel-Bertrand
Boisbriand (Québec) J7H 1N7

ISBN 978-2-922889-36-9

Dépôt légal : 1er trimestre 2007
Bibliothèque nationale du Québec
Bibliothèque nationale du Canada

Imprimé au Canada

Inondation de plaisir

Le temps de reprendre mon souffle, j'avais demandé à Carl, un de mes amis, de m'héberger pour un moment. J'étais dans une période de désarroi et la séparation que je devais assumer ne m'apportait que des ennuis, malgré toute ma bonne volonté, un peu comme si j'avais perdu le sens de la vie. Il suffisait que je pose un geste ou que je dise une parole pour que tout tourne en catastrophe.

Je n'avais pas eu le choix d'appeler Carl. Je n'avais aucun parent dans la région et il était hors de question de quitter mon emploi pour retourner à Rimouski. Ce travail constituait mon dernier équilibre et, à vingt-sept ans, je me sentais déjà bien assez éprouvée. En plus, ce travail me forçait à ne plus penser à ma rupture et à éliminer un sentiment d'échec que je traînais depuis que j'avais été obligée, le mois précédent, de quitter le logement en laissant derrière moi plusieurs choses qui, me semblait-il, m'appartenaient en propre.

Au moins, si je demeurais encore nostalgique, j'avais appris à ne plus pleurer même si des idées sombres accaparaient mes moments de silence et j'avais retrouvé un teint un peu acceptable, surtout que Carl me forçait à manger de façon équilibrée. Doucement, je reprenais la forme et, avec quelques coups de crayon et un peu de rouge, je parvenais à me rendre «passable», moi qui avais toujours été si fière de mon sourire et de mes yeux. J'avais perdu du poids à une vitesse vertigineuse et, honnêtement, ça me faisait plaisir de constater que je rentrais de nouveau dans mes vêtements. Évidemment, tout le monde, au bureau comme ailleurs, s'était rendu compte que la «belle petite brunette» dépérissait. Cette époque semblait révolue et, sans dire que j'étais tout à fait d'attaque, je me remettais à espérer et à rire. Je m'étais même surprise à me retourner sur le passage d'un homme, ce qui était assez indicateur de mon nouvel état d'esprit.

Par contre, je ne m'attendais pas à retomber aussi rapidement sur mes pieds. J'étais loin de me douter que l'hospitalité que m'offrait Carl me permettrait également de vivre des moments magiques. Après tout, je n'étais que de passage chez lui, le temps que son colocataire rentre d'un voyage d'affaires.

2

Carl était parti tôt ce matin-là pour le bureau. J'ai donc amplement pu faire la grasse matinée, si bien que je me suis levée uniquement vers les dix heures trente. J'avais tellement besoin de ce repos avec tous les problèmes que j'avais vécus dernièrement. Avant de prendre mon petit déjeuner, je me suis dirigée vers la salle de bains, question d'aller me doucher... ça aussi ça allait être bon ! Je pouvais prendre tout mon temps d'autant plus que je n'avais rien sur l'agenda cette journée-là.

Après avoir vérifié la chaleur de l'eau, je me suis dévêtue et ne me suis pas fait prier pour aller goûter les plaisirs d'une bonne douche revigorante ! Elle allait l'être davantage avec les caresses que déjà je ne pouvais m'empêcher de me prodiguer.

J'ai beaucoup de mal à résister à l'envie de me masturber lorsque je suis si bien mise en contact avec ma peau. L'effet combiné de l'eau qui coule sur ma peau doublé de mes mains toutes savonneuses et glissantes qui se baladent sur mon corps tout entier et qui, forcément, portent une attention particulière à mes seins et ma chatte, me rappellent toujours combien je suis humaine... et combien j'ai envie de le ressentir !

Puisque je me savais seule, et bien que la porte de la salle de bains ait été toute grande ouverte, je ne me suis pas gênée pour me faire du bien. Mes doigts ont vite fait de rejoindre ma chatte qui les réclamait. Pendant que l'une de mes mains se chargeait de mes seins en les pétrissant ou en taquinant mes pointes bien dures, l'autre ne ménageait pas ses efforts en frictionnant ma petite bille rosée, centre de tous mes plaisirs. Il n'y avait plus que l'eau maintenant qui m'inondait, ma vulve aussi laissait couler une fontaine de jus de plaisir!

Malgré la chaleur de l'eau, je me sentais parcourue de doux frissons, mes doigts plongeant de temps à autre entre mes lèvres pour sublimer les sensations qui y étaient apparues et que j'entendais multiplier tout autant que les caresses que je prodiguais à mon clitoris. Mon corps réclamait ces caresses en se tendant. Mes seins, dont je m'amusais à faire jaillir les pointes en les caressant de la paume de ma main, étaient devenus tellement durs qu'ils me faisaient presque mal, une douleur dont j'ai toujours su m'accommoder et qui, en atteignant son paroxysme, m'indique que je suis sur le point d'exploser.

Une main sur mes seins, l'autre à l'intérieur de mes cuisses, je laissais couler l'eau chaude sur mon corps en un massage réconfortant et reposant, attendant avec hâte que la vague de tension que je sentais apparaître dans mon ventre prenne de l'ampleur et me submerge pour me forcer à m'anéantir en un feu d'artifice de jouissances multipliées.

Perdant doucement la tête, je ne savais plus exactement ce qui coulait sur mes cuisses mais, chose certaine, il n'y avait pas que l'eau si je me fiais à la texture qui avait enveloppé mes doigts à l'intérieur de mes lèvres.

4

J'étais tellement absorbée par mon propre plaisir que je n'ai pas vu l'homme qui se tenait dans l'entrebâillement de la porte de la salle de bains. J'étais là, inconsciente de sa présence, légèrement penchée vers l'avant afin que mes fesses me laissent le champ totalement libre, un pied posé sur le bord du bain pour m'y aider, les jambes complètement écartées, attendant anxieusement la jouissance qui se manifestait de plus en plus en moi. J'allais jouir lorsque j'ai sursauté en réalisant sa présence.

Sous le choc de cette apparition inattendue, je n'ai pu m'empêcher de tenter de me couvrir autant qu'il m'était possible de le faire. L'homme était grand, bien proportionné et avait des épaules robustes sous le chandail léger qu'il portait. Son visage aux traits réguliers encadrait des yeux d'une étrange couleur, comme si on y avait appliqué la palette d'un peintre. Il avait une coiffure abondante, châtain et cendrée et m'examinait avec un plaisir évident. Ses yeux doux m'enveloppaient et trahissaient un désir grandissant au fur et à mesure qu'il m'observait. D'ailleurs, à en juger par l'éclat qui brillait dans ses yeux, il devait être là depuis un bon moment.

Sidérée, encore allumée par mes caresses, je me suis appuyée au mur en mettant une main devant ma bouche et en le fixant silencieusement, me demandant comment réagir. Doucement, je sentais que la vague de chaleur que j'avais créée était en train de se résorber et mon désenchantement devait être évident, tout autant que ma surprise et ma peur.

Le choc causé par sa présence s'estompait et à travers les gouttelettes d'eau, mon esprit, lentement, reprenait le dessus et me permettait de reconnaître le colocataire de Carl. Je ne l'avais vu qu'une fois, quelques mois plus tôt, quand ma vie était plus ordonnée, et je cherchais à me souvenir de son prénom. Il était au début de la quarantaine et malgré notre différence d'âge et le fait qu'à cette époque ma vie sentimentale et sexuelle allait bien, je m'étais dit que ce type avait un charme fou et que je m'amuserais bien à tenter de le séduire. À l'époque, ce n'était guère qu'une réflexion de jeune femme observant du coin de l'œil un beau mâle.

De réaliser à qui j'avais affaire m'a détendue. Je n'étais pas en danger, je le savais et si je n'étais pas en mesure de rattraper la vague de désir qui s'estompait, je savais que je n'aurais aucune difficulté à la faire renaître, sitôt qu'il s'éloignerait. Sérieusement, je sentais une excitation nouvelle grandir en moi juste à l'idée de m'être fait surprendre dans un moment aussi intime.

— Je ne savais pas que tu étais revenu, balbutiai-je, comme si c'était une excuse.

— Je viens d'arriver, répondit-il d'une voix de basse impressionnante. Moi aussi, j'ai besoin d'une douche.

Je ne savais pas bien comment il me fallait interpréter son commentaire. C'était une invitation. De ça, j'étais certaine. Mais quelle invitation? Me demandait-il de lui céder la place rapidement où voulait-il venir me rejoindre?

La première solution ne me plaisait pas du tout mais la deuxième méritait d'être examinée attentivement et, surtout, rapidement. De nouveau, l'éclat de ses yeux attira mon attention. Ma réponse était là, dans ses yeux. Tout juste de l'autre côté du rideau de la douche se trouvait un bel homme qui me dévorait du regard et moi, j'avais envie d'oublier le mauvais moment que je traversais… Je n'ai pu résister ! En guise de réponse, j'ai tout simplement laissé tomber mes bras de chaque côté de mon corps pour ensuite en relever un et, de l'index, l'inviter à venir me rejoindre.

Sans un mot, il a commencé à détacher les boutons de sa chemise. Puis à défaire sa ceinture et baisser son pantalon. Jamais, durant tout le temps qu'il s'est déshabillé, il ne m'a quittée des yeux. Il avait un regard d'une telle intensité que j'ai failli me sentir intimidée. Pourtant, je ne l'ai pas quitté des yeux non plus… surtout quand il a enlevé son slip. Je suis curieuse, je n'y peux rien ! Je ne pouvais manquer d'être attirée par la vue de son membre d'autant plus que lorsqu'il avait laissé tomber son pantalon, j'avais été attirée par la bosse qui déformait son caleçon et je m'étais imaginé un pénis de différente forme, longueur et grosseur. Son sexe, de bonne taille, pointait fièrement vers le haut, la tension qui l'animait ayant dégagé partiellement le prépuce qui permettait de voir un gland déjà luisant. C'était la première fois qu'il m'était donné de voir nu et d'aussi près un homme de son âge et je me rappelle qu'à ce moment je n'ai pu m'empêcher d'être étonnée par la vigueur et la force qui semblaient toujours au rendez-vous. Il faut croire que je m'étais fait de fausses idées. Chose certaine, de voir ce sexe prêt à passer à l'action avait provoqué chez moi un émoi que je ressentais dans tout le corps. J'avais une impression de fébrilité que je ne me connaissais plus depuis un bon moment.

Il s'est approché, a tiré le rideau et est venu me rejoindre... toujours en maintenant ce regard qui m'envoûtait littéralement !

Avant même de tenter un rapprochement, il s'est mis à me caresser. Empoignant au passage doucement mes petits seins, glissant son autre main vers mes lèvres déjà inondées de désir, il maintenait ce regard franc et direct. Je n'ai pas pu continuer à le fixer dans les yeux, trop occupée à savourer ses attouchements.

J'avais les yeux mi-clos quand j'ai senti sa bouche se plaquer sur mes seins. Ce seul contact m'a électrifiée d'une décharge de plaisir. Ses caresses, discrètes, sont devenues plus maintenues, plus soutenues. Un à un, il me léchait les mamelons, enroulant sa langue autour de mes pointes, les malaxant de sa langue qu'il appuyait fermement. Mes mains avaient trouvé sa tête et le maintenaient prisonnier dans cette position pour le forcer à poursuivre ses caresses quand de petits mordillements à la pointe des seins m'emmenèrent à la limite de la douleur et m'indiquèrent qu'il désirait passer à autre chose. Il était clair que j'étais devant un homme d'expérience. Jamais un homme, par de simples caresses à ma poitrine, n'avait réussi à m'arracher de tels gémissements de plaisir.

Je l'ai senti qui fléchissait les genoux. Sa bouche me bécotait le ventre, me léchait le nombril au passage jusqu'à atteindre mon pubis. Ses doigts eux, y étaient déjà, nichés au creux de mon vagin, bougeant, fouillant, à la recherche de mon plaisir. Sa langue s'était jointe à la recherche et je sentais dans mon corps de profondes mutations qui me signalaient que j'entreprenais doucement une ascension qui, avec un peu de chance, culminerait en une redoutable explosion.

Assis sur le rebord du bain, il a écarté mes jambes davantage pour mieux se servir et de ses doigts, il a ouvert mes lèvres afin de mieux apercevoir mon clitoris. Sans perdre de temps en caresses buccales qui ne m'auraient apporté qu'un plaisir passif, il s'est tout de suite attaqué à cette petite bille, véritable déclencheur orgasmique chez moi. Tout en me labourant le sexe de ses doigts, il léchait mon clitoris à une vitesse ahurissante ! Une vague de chaleur me submergeait et j'avais du mal à rester debout tellement j'étais emportée par cette montée de plaisir.

De temps à autre, il allait recueillir mon nectar pour ensuite revenir s'acharner sur mon clitoris qui ne demandait pas mieux. J'avais les jambes qui tremblaient tellement c'était bon !

Il m'a donné le coup de grâce lorsque, tout en maintenant sa cadence, il a, en plus, inséré un doigt dans mon anus qui se dilatait par tout ce plaisir. Pour un peu, j'éclatais d'un orgasme fulgurant! Pendant quelques instants, j'ai pu lutter contre la vague qui m'envahissait mais, rapidement, j'ai dû m'avouer vaincue. L'orgasme avait déboulé en moi, fort et libérateur, comme une lame de fond à laquelle rien ne résiste. Appuyée au mur, de peur que mes jambes ne m'abandonnent, un son sorti loin de mes entrailles se répercuta dans ma tête pour y revenir en autant d'échos qui m'indiquèrent à quel point j'avais été folle de vouloir lutter contre cette jouissance.

Ça avait été si bon!

Des frissons m'agitaient, tout autant que des tremblements mais je reprenais pied doucement en savourant les retours plus modestes de la vague qui m'avait emportée et qu'il tentait de rappeler en s'activant toujours de la langue entre mes cuisses. Tranquillement, je parvins à reprendre le contrôle de mes sens et à calmer les frissons qui couraient sur ma peau. Le rythme de ma respiration décrut et mon cœur, lentement, revenait à la normale. L'orgasme avait été tellement intense que j'en avais les yeux mouillés et qu'une plainte courte et sourde s'échappait de ma gorge par saccades jusqu'à ce que je retrouve complètement la maîtrise de mes sens en me disant que cet homme avait des doigts et une langue magiques.

Plus calme mais encore fébrile, je n'avais en tête maintenant que de lui faire plaisir à mon tour. Je me suis agenouillée devant lui et j'ai empoigné de mes mains son gros membre, dur et droit, pour quelques manœuvres d'introduction.

J'ai ensuite commencé à lécher tout doucement son gland gorgé de sang pour l'entendre gémir pour la première fois. C'est fou ce que ça m'excitait! Après quelques mouvements de va-et-vient de sa queue au fond de ma bouche, je l'ai léché du gland à la base pour ensuite lui soulever le pénis de manière à pouvoir lui lécher les testicules, une caresse qui a semblé le surprendre puisque ses genoux ont fléchi. Il ne m'en fallait pas plus pour que je m'en donne à cœur joie! Je malaxais ses testicules de ma langue chaude et humide tout en masturbant sa verge bien érigée, ce qu'il semblait adorer, si je me fiais à sa tête penchée vers l'arrière et à ses deux bras tendus sur le rebord du bain pour le maintenir en équilibre.

Sans crier gare, j'ai englouti son sexe en l'enfonçant aussi loin que possible au fond de ma gorge. Je maintenais ce va-et-vient tout en lui caressant les testicules qui commençaient sérieusement à se rétracter, signe que son orgasme était imminent.

Il allait exploser, je le sentais et je le constatais aussi parce qu'il tendait à vouloir se retirer de mon emprise, probablement soucieux de ne pas me faire une surprise que je n'aurais peut-être pas appréciée. Il ne me connaissait pas, c'était clair.

— Laisse, je t'ai sucé mais ça me ferait vraiment plaisir de te goûter jusqu'au bout.

Il a alors remis sa main sur ma tête, m'invitant à nous faire plaisir comme je le souhaitais. J'avais eu le temps de constater que le gland était parcouru de veines apparentes et qu'il était boursouflé. Sa teinte avait foncé et je savais qu'il n'en avait plus pour longtemps. J'avais à peine eu le temps de me faire cette réflexion que je l'ai senti éjaculer en secousses violentes au fond de ma bouche tout en geignant de plaisir. Tout en en observant à quel point son plaisir était envahissant, j'ai continué la course de mes lèvres sur sa tige.

Quand il avait été incapable de se retenir, j'avais vu son ventre se creuser pendant que j'entendais le rythme de sa respiration augmenter à la façon d'un athlète qui serre les dents au moment de l'effort final. Ses cuisses s'étaient refermées sur moi jusqu'à m'étouffer mais je sentais leur étreinte se relâcher. L'homme était vaincu et n'aspirait plus qu'à un peu de calme.

Lentement, sa respiration retrouvée, il s'est relevé en m'invitant à le faire aussi avant de me prendre dans ses bras et de me serrer fort contre lui tout en frissonnant encore. Il m'a donné un baiser léger et m'a avoué qu'il lui avait fallu tout son courage pour oser me laisser le conduire à son plaisir. Il ajouta en souriant presque timidement qu'il ne regrettait pas du tout de l'avoir fait.

Nous nous sommes séchés tout en nous embrassant et ces attouchements ont été suffisants pour me donner le goût de l'avoir contre moi. De son côté, son membre manifestait son désir pour moi et j'étais certaine qu'avec un peu d'aide, je pourrais le remettre facilement sous une tension telle qu'il aurait absolument envie de me connaître intimement.

Sans se préoccuper du désordre qui régnait dans la salle de bains, nous avons regagné sa chambre où l'on avait l'impression qu'un ouragan était passé. En quelques enjambées, j'avais attrapé des vêtements éparpillés ici et là et je les avais lancés dans un sac.

— J'aime bien une odeur de femme dans ma chambre, dit-il.

— Je m'excuse, je ne m'attendais vraiment pas à ce que tu arrives aujourd'hui.

Nue devant lui, tenant des deux mains un chemisier qui flottait sur mes jambes, je n'éprouvais aucune gêne à être nue devant lui, ce qui n'était vraiment pas dans mes habitudes. Normalement, après une séance amoureuse, je suis la première à retirer les draps et à me cacher. Pourtant, aujourd'hui, sans que je sache pourquoi, toute ma timidité s'était envolée. Je ne me souciais même pas d'avoir les cheveux encore trempés. Ça me semblait normal d'être nue devant cet homme au sexe de nouveau turgescent. Ce qu'on avait fait dans la salle de bains n'avait rien à voir avec mon nouveau comportement. C'était plus profond. Comme si j'avais changé en quelques minutes. Je me penchais de nouveau et envoyais valser les vêtements que je venais de ramasser.

13

— Moi, c'est Émilie, dis-je, finalement. Et toi, c'est Mario, c'est ça?

— Oui, c'est ça... Mais Émilie, je me souvenais, dit-il en souriant.

— Je n'en étais pas certaine. Ça fait déjà un moment qu'on s'est vus.

Je commençais à frissonner, mais pas de plaisir cette fois. Je m'étais séchée rapidement et l'air, dans cette chambre, n'était pas très chaud. La pointe de mes seins avait jailli et je les regardais, amusée.

— Tu crois que c'est toi ou l'air frais qui me fait cet effet? lançais-je en riant presque.

Décidément, j'avais vraiment changé. Dans le feu de l'action, je ne laisse pas ma place mais pendant les préliminaires, je prends rarement les devants, tout comme je me referme sur moi-même après l'amour. Là, nue, à moins de deux mètres d'un homme dont le sexe en érection m'exprimait clairement ses pensées, j'étais capable de blaguer en me sentant tout à fait à l'aise. Doucement, je me rapprochais de lui pour tendre la main et caresser doucement son pénis érigé.

— Il est beau, dis-je d'un ton rêveur.

J'avais laissé la main sur son sexe en relevant la tête.

— Je ne m'attendais pas à avoir un début de matinée semblable, ai-je dit en avançant les lèvres pour frôler les siennes. C'était vraiment une belle douche.

14

Ses mains s'étaient glissées sous mes bras pour attraper ma taille. Il m'attirait contre lui, me forçant, à regret, à abandonner son pénis qui vint faire sentir sa masse tout contre mon ventre, me donnant instantanément des chaleurs.

Il me dépassait d'une bonne tête et se pencha sur moi pour m'embrasser, un baiser que je voulais absolument lui rendre, surtout qu'il laissait descendre ses mains tout doucement sur mes fesses qui manifestaient des signes annonciateurs des plaisirs qui ne tarderaient pas à se manifester dans mon corps entier.

— Mario... Je crois que toi et moi, on a un problème, dis-je, presque à voix basse.

— Comment ça?

Je glissai ma main sur son ventre pour glisser mes doigts dans la toison de son sexe.

— Parce que j'aime beaucoup, beaucoup, beaucoup ça, poursuivis-je sur le ton de la confidence.

Ses mains remontaient mes fesses pour attraper fermement ma taille alors que ses hanches s'appuyaient fortement contre mon ventre et ma main.

— Ça tombe bien, moi aussi, j'aime beaucoup, beaucoup, beaucoup ça.

Je relevai la tête pour le regarder. En moins d'une heure, cet homme m'avait fait oublier tous mes soucis et avait calmé mon corps. Il était beaucoup trop tôt pour lui dire à quel point il m'attirait et lui-même ne le dirait certainement pas mais je sentais qu'il devait y avoir une raison pour que sa peau me fasse vibrer à ce point.

Ses mains se glissèrent de nouveau dans mon dos pour se rendre à la base de mes fesses et me soulever. Instinctivement, je l'avais aidé à me soulever et mes jambes étaient allées le ceinturer comme si ce geste faisait partie d'un rituel vieux comme le monde. Mes cuisses refermées sur sa taille, mes bras accrochés à son cou, ses mains sous mes fesses, je me soulevai pour permettre à ses lèvres d'accéder à mes seins dont la pointe était tellement tendue qu'il pouvait la croquer sans aucun effort. Ses dents puis ses lèvres se refermèrent sur mon aréole et j'ai sursauté en sentant ce contact brusque avant de me mettre à en apprécier les sensations toutes faites de tiraillement et de douceur, mélange indéfinissable de chaud et de froid, de douleur et de bien-être. Mario abandonna mon sein meurtri pour abaisser légèrement les bras et permettre à ma vulve d'entrer en contact avec sa verge. J'étais complètement prête à m'empaler dessus et je la sentis glisser dans mon ventre et emplir mon vagin avec une sensation que je n'avais encore jamais vécue. Jamais un de mes amants ne m'avait prise de cette façon et je réalisais que j'avais toute la latitude nécessaire pour me faire jouir. Je pouvais monter et descendre sa queue à ma cadence, tant que mes bras, mes jambes et ma tête ne me laisseraient pas tomber.

En fermant les yeux et en serrant les dents, je laissais mon ventre se remplir de son sexe avant d'entreprendre, lentement, très lentement, une remontée sur son pénis. Puis une descente, très lente, juste pour sentir chaque millimètre du passage de la verge entre mes lèvres. Une autre remontée exigea que je reprenne le contrôle de mes sens et quand je me laissai redescendre, je frissonnais tellement que j'étais certaine que mes bras allaient quitter le cou de Mario. En même temps, mes jambes demandaient grâce et mes muscles, tendus et noués pour maintenir ma prise autour de sa taille, commençaient à émettre une supplique tremblotante pour qu'on leur permette de se reposer. Mais c'était hors de question. J'adorais cette position et je sentais que mon ventre, même s'il se durcissait sous les sensations que je lui procurais, émettait suffisamment de lubrifiant pour faciliter le passage entre mes cuisses de ce sexe tellement agréable.

Ma dernière plongée faillit être fatale. Mon vagin surchauffait littéralement de plaisir et je me sentais prête à exploser, ce qui signifiait également que j'allais lâcher prise. Mario dut le réaliser car il me déposa sur le lit. Frissonnante, je réalisais qu'il quittait mon ventre et j'eus envie de pleurer de déception, jusqu'à ce que je sente qu'il me basculait sur le côté et qu'une de ses jambes se glissait entre les miennes. Une jambe allongée entre les siennes, l'autre repliée, couchée sur le côté, ses deux mains appuyées sur ma hanche, je sentis qu'on présentait une masse à mes lèvres qui subirent une pression à laquelle elles ne résistèrent pas. De nouveau, son pénis s'enfonça dans mon ventre mais cette fois, je n'avais plus à résister. Quand sa lance disparut complètement entre mes jambes, un déferlement d'énergie en cascades me secoua sans que je puisse y faire quoi que ce soit. D'ailleurs, j'avais perdu toute volonté de me maîtriser et je ne songeais plus qu'au moment où je m'envolerais, portée par ce sexe d'homme qui me faisait mourir à petit feu.

Je m'abandonnais totalement à mon plaisir, submergée par les vagues successives qui noyaient mon ventre et mouillaient mes cuisses, perdant presque de vue que ces vagues ne faisaient que se multiplier. Entre mes cuisses, le pénis de Mario, méthodiquement, continuait à entrer et à sortir entre mes lèvres tellement lubrifiées que j'avais l'impression, dans mon rêve, qu'il n'était plus là. Soudain, quelque chose fonça en moi à toute vitesse pour me heurter au plus profond de moi, au point de me faire crier de surprise et de douleur à travers toutes les émotions que j'avais déjà à assumer.

Je n'ai pas senti Mario venir en moi mais, au moment où je reprenais mon souffle, j'ai senti la pression de ses mains sur ma hanche se relâcher en même temps qu'il avait cessé de bouger. J'ouvris doucement les yeux pour savoir si je connaissais l'endroit où je me trouvais et je l'ai vu, les deux bras appuyés sur ma hanche, droit au-dessus de moi, tendu et crispé de telle façon qu'il ne pourrait maintenir cette position longtemps. Mon cerveau prit le relais pour analyser rapidement ce qui se passait et me faire goûter les volutes des derniers plaisirs que je ressentais. Ma peau n'était plus qu'une feuille de soie soumise au vent.

Comme je l'avais prévu, Mario s'effondra. Lentement, refusant obstinément de quitter mes cuisses, il se laissa couler dans mon dos et une de ses mains enveloppa un de mes seins. Entre mes cuisses, je sentais son sexe encore dur qui tentait de battre en retraite et je tentais de le retenir, même si je me disais que je le retrouverais bientôt.

Nous sommes restés ainsi, haletants, pendant de longues minutes, soudés l'un à l'autre. Mes cuisses ont finalement libéré leur prisonnier et Mario s'est allongé sur le dos en respirant profondément.

Doucement, je me suis tournée contre lui pour cacher ma tête au creux de son épaule. J'avais placé une jambe sur son ventre et j'aimais cette sensation qui te force à ne plus bouger, à ne plus parler. Juste à respirer l'autre et à faire corps avec lui, si tant est que ce soit possible. Ce matin, avec Mario, j'avais l'impression d'y être parvenue. Et j'avais aussi l'impression qu'il y était arrivé. Après quelques minutes passées à laisser mes doigts courir sur sa poitrine et à l'embrasser furtivement, j'ai soupiré profondément.

— Ça ne va pas ? demanda-t-il comme s'il sortait d'un rêve.

— Tu te souviens quand je t'ai dit qu'on avait un problème ?

— Oui, il me semble que c'est un beau problème, non ?

— J'espère…

— Pourquoi?

— Parce que depuis que tu es revenu, je n'ai plus d'endroit où aller dormir.

Il se tourna vers moi avec ce sourire que j'aimais tant.

— Je crois que c'est un bien petit problème, ça…

Je l'adorais! Vraiment!

Benoît

— À quoi trinquons-nous cette semaine Chantal?

C'était devenu un rituel pour Chantal et moi. Les vendredis, nous nous retrouvions pour le souper. Ces rencontres hebdomadaires étaient prétexte à des échanges de confidences tantôt lourdes, tantôt légères, depuis déjà plusieurs années. Chantal était certainement celle qui me connaissait le plus, celle à qui j'avais confié même mes secrets les plus intimes.

— Tiens, pourquoi pas à Benoît? Qu'en dis-tu? me suggéra-t-elle tout en esquissant un sourire coquin et en me lançant un regard plein de malice.

Benoît. La seule évocation de ce prénom fit monter en moi une marée de pensées troubles. Benoît, le frère de Chantal, est pour moi un «objet» de grande convoitise. Benoît. De taille moyenne, cheveux longs foncés, regard de jais, teint basané et sensualité transpirant de tous les pores de sa peau. Se doutait-il au moins qu'il était à ce point désirable?

Je n'en étais même pas certaine. Il y avait déjà plusieurs années que je le connaissais sans pour autant en savoir plus à son sujet. C'était un homme très secret et même sa soeur ne pouvait m'en dire autant que je l'aurais souhaité, je savais que ce n'était pas par manque de volonté de sa part. Il était secret pour tout le monde et, en plus, j'étais obligée d'admettre qu'il m'intimidait beaucoup. Habituellement, pourtant, je ne suis pas quelqu'un qu'on peut impressionner facilement. Benoît, lui, y arrivait sans peine.

— Euh... pourquoi pas ? Mais, il faudra m'en dire plus, Chantal. Pourquoi Benoît tout à coup ?

Effectivement, pourquoi ? Il y avait longtemps déjà que je ne l'avais pas croisé, longtemps que je n'en avais pas entendu parler. Il était à l'extérieur du pays depuis près d'un an, retenu par un travail exigeant qui ne lui laissait que peu de temps pour le reste.

— Il a terminé son contrat. Enfin, il l'a terminé plus tôt que prévu, il a le mal de pays, si je peux dire. Il est revenu cette semaine et a été plutôt occupé par son emménagement mais ce soir, il a envie de bouger. Je l'ai donc invité à venir nous rejoindre pour prendre un verre ce soir.

La fourchette que je tenais toujours devant ma bouche n'arrivait pas à s'y rendre. J'étais troublée. J'allais revoir Benoît ce soir ! C'était fou, juste penser à le voir était suffisant. Même si je n'arrivais pas à franchir le mur qui nous séparait, cela me suffisait quand même. Je n'étais définitivement pas difficile à contenter !

— Nathalie, allez, mange, ton saumon va refroidir! me lança Chantal en riant pour me tirer de mes songes.

J'avais passé le reste du repas à tenter de chasser les images de Benoît qui se bousculaient dans ma tête. Je tentais, tant bien que mal, de suivre la conversation qu'entretenait Chantal mais j'avais de la difficulté. Pourtant, j'allais revoir son frère dans quelques minutes et je tentais de me raisonner en me disant qu'il fallait le voir avec mes yeux plutôt qu'avec mes souvenirs.

À la fin du repas, je m'excusai auprès de Chantal, en prétextant que je devais absolument aller changer de vêtements. En principe, ce que je portais aurait très bien pu faire l'affaire puisque c'est la tenue que j'avais choisie pour la soirée qui allait suivre notre repas. Mais ça, c'était avant de savoir que Benoît allait se manifester. L'occasion devenait plus que spéciale et il me fallait envisager une autre tenue, plus de circonstance. Chantal, qui riait ouvertement de mon comportement, me forçait à expliquer pourquoi il fallait absolument que je me rende chez moi. Ses sarcasmes, pourtant, ne m'atteignaient pas, d'autant plus que je l'avais vue souvent se comporter elle-même en gamine quand il y avait un homme qu'elle convoitait dans les parages.

Heureusement, j'habitais à proximité de chez elle. Si bien qu'il ne m'avait fallu que dix minutes pour me retrouver devant la porte de ma garde-robe. Je devais absolument me sentir en confiance, d'attaque! J'avais un objectif d'importance ce qui m'interdisait de lésiner sur les méthodes et les moyens.

Mon regard se posa sur une jupe moulante et un bustier noir serti de pierres, qui, me semblait-il, conviendraient parfaitement. Tenue aguichante pour grandes occasions. Je n'aurais qu'à enfiler des bas noirs et des escarpins à hauts talons et je me sentirais absolument aguichante. La tenue idéale pour sentir les regards masculins se poser sur mes atouts féminins. Je visais Benoît mais si je n'atteignais pas ma cible peut-être qu'il me serait possible d'en toucher une autre. La satisfaction ne serait certainement pas la même, mais, je devais l'admettre, j'avais envie de chaleur masculine. De savoir que Benoît était de nouveau dans les parages n'avait que décuplé ce sentiment. Je me fis tout de même la promesse de tout mettre en œuvre pour arriver à lui mettre le grappin dessus... Ou, tout au moins, à faire une percée pour une éventuelle nouvelle offensive.

Je sentais que la balle était dans mon camp. Benoît, malgré son halo de mystère, laissait quand même filtrer des indices. Je ne me serais pas autant acharnée s'il n'y avait pas eu d'espoir. Quand nous étions dans la même pièce, ses yeux parlaient, me parlaient, du moins c'est ce que j'imaginais.

J'avais beau me dire que j'imaginais tout cela mais j'avais réussi avec le temps, à me convaincre que je ne rêvais pas, qu'il me tendait une perche, même si elle était bien difficile à saisir. Il était timide, ça je le savais, Chantal me l'ayant répété maintes fois lorsque je lui avais demandé si Benoît s'intéressait à moi, même un petit peu, juste un petit

peu. Je devais composer avec sa timidité et me mettre en tête
que c'était à moi de foncer, de tenter le tout pour le tout. Ce
qui pouvait arriver de pire était simple à saisir : il me dirait
que je ne l'intéressais pas et je pleurerais probablement pendant quelques jours mais je survivrais. Ce serait difficile
pour mon ego mais je n'en mourrais pas.

Le temps passait et ce n'était vraiment pas le moment
d'impatienter Chantal qui m'attendait dans le hall du bar
où nous devions terminer la soirée et où Benoît devait venir
nous rejoindre. Je n'avais pas vu le temps passer et rester ici
plus longtemps à m'apitoyer sur mon sort ne changerait rien.

Heureusement, à cette heure, les rues étaient plus tran-
quilles si bien qu'il ne me fallût pas beaucoup de temps pour
retrouver Chantal à notre point de rencontre. Nous sommes
entrées pour repérer un coin un peu plus à l'écart où nous
pourrions discuter lorsque notre envie de danser serait moins
vive. Un serveur s'était approché et après avoir pris la
commande, était retourné vers le bar pour nous rapporter nos
consommations.

Quelques lampées de Martini plus tard, une musique
entraînante retenait mon attention. Mes jambes et mon corps
étaient interpellés par le rythme. Je ne pouvais demander à
Chantal de m'accompagner. Elle était déjà occupée, bien
plus attentive aux paroles d'un homme qu'au rythme de la
musique, ce qui n'était pas pour me déranger puisque je n'ai
jamais été gênée de danser seule.

Sans l'attendre, je m'étais rendue sur la piste déjà occupée par plusieurs danseurs. La musique m'envahissait, le rythme guidant tous mes mouvements. Je me surprenais parfois à danser les yeux clos tant la musique m'enivrait. J'en avais même oublié Benoît, ce qui n'était pas peu dire.

Après m'être déhanchée durant de longues minutes, la soif me tenaillait, surtout qu'il faisait si chaud. En me rendant au bar me chercher un autre verre, je tombai nez à nez avec Benoît. Il y avait longtemps que je ne l'avais pas vu, et pourtant, il réussissait toujours, bien malgré lui, à faire monter en moi un désir difficile à réprimer. Ce qu'il était beau! Je ne savais pas s'il avait deviné au fil des années qu'il faisait naître en moi un désir aussi foudroyant. S'il ne s'en était pas rendu compte, c'est qu'il était aveugle! Ou, que je cachais bien mon jeu… trop bien peut être.

— Bonsoir Nathalie, ça fait longtemps!

— Bonsoir Benoît. Effectivement, ça fait très longtemps. Je suis contente de te voir, tu vas bien?

Je réussis tant bien que mal à dissimuler mon trouble et nous avons entamé la conversation.

Nous avons été interrompus un court instant par Chantal qui me fit des reproches en disant qu'elle me cherchait depuis un moment. Instinctive, elle avait rapidement battu en retraite, comprenant qu'elle était entrée dans une bulle encore fragile. Elle se mit en frais pour trouver une raison pour disparaître et me confier à son frère.

— Prends soin d'elle, Benoît, je te la confie. Faites attention, tous les deux, on ne sait jamais ce qui nous attend !

Elle m'embrassa sur les deux joues avant de me filer un clin d'œil complice, d'embrasser son frère et disparaître.

Benoît eut un petit rire gêné. Il n'était pas le seul à être mal à l'aise. La remarque de Chantal manquait nettement de subtilité et si elle avait voulu dévoiler mes intentions, elle n'aurait pu mieux faire. En même temps, son message pouvait aussi s'adresser à Benoît. Il signifiait qu'il devait faire attention à moi mais aussi à lui. Peut-être, avait laissé entendre Chantal, qu'il était plus en péril que je ne l'étais. C'était en tout cas ce que j'en comprenais. Bravo pour l'ambiguïté ! C'est un art qui se perd mais j'aurais nettement préféré que ce soit un art disparu, oublié.

Nous reprîmes notre conversation, parlant de tout et de rien. Sans véritable raison, j'étais pendue aux lèvres de Benoît, accrochée à son regard. Il embrasait tous mes sens. Sa voix, suave, grave, arrivait à détourner tout ce qui aurait pu capter mon attention. Sa beauté me subjuguait, ses longs cils abritant ses yeux de jais, son regard impénétrable, son corps athlétique épousant à merveille ses vêtements me faisaient oublier tous les autres mâles. Son eau de Cologne m'enivrait. Ou était-ce son odeur naturelle qui m'attirait à ce point ? Difficile à dire, j'étais vendue. Perdue, plutôt. Sa peau, si douce, si tendue par ses muscles saillants, me faisaient frémir.

Ma bouche souhaitait être mise de la partie... peut-être. Peut-être.

Le temps en sa présence filait si rapidement que j'avais oublié tout le reste. Le dernier service et les slows qui débutaient m'ont rappelé que la soirée tirait déjà à sa fin et que je devais agir vite pour profiter de ces moments. Pour y arriver, je devais absolument mettre ma timidité de côté et agir. Je ne pouvais pas passer ma vie à regretter de ne pas avoir bougé quand il était temps.

— Tu viens danser, Nathalie ? me demanda Benoît, timidement.

Interrompue dans mes pensées, j'acceptai, heureuse de l'occasion en or qu'il m'offrait. Sentir son corps si près du mien me ferait peut-être oser.

Son corps moulé au mien, son souffle que je pouvais percevoir dans mon cou, ses mains sur mes reins ont tôt fait d'attiser davantage le feu qui me consumait.

Tout doucement je perdais ma retenue, mes mains, qui tantôt étaient immobiles sur son corps, commençaient timidement à l'explorer. Tandis que nous dansions, du bout de mes doigts, j'effleurais sa peau au-dessus de sa chemise, tout doucement, souhaitant le faire frissonner. Subtilement, ma bouche cherchait à rencontrer la sienne. J'avais la nette impression qu'il éprouvait les mêmes sentiments puisque ma bouche n'eut le temps de parcourir que la moitié du chemin qui les séparait.

Lorsque nos lèvres se sont soudées, que nos langues se sont rencontrées, j'eus littéralement l'impression que plus rien n'existait tout autour. Ce qu'il embrassait bien ! D'incertains, nos baisers sont devenus de plus en plus insistants, trahissant le désir qui nous tenaillait tous les deux. Je le jure, je l'aurais laissé me prendre à ce moment précis, là, sans tenir compte de ceux qui nous entouraient, tellement mon désir était lancinant. Le seul fait d'avoir été embrassée de cette manière avait suffi à inonder mon sexe.

Avant que le dernier slow ne se termine, je l'invitai à terminer la soirée chez moi. Toutes ces années à fantasmer sur lui chaque fois qu'il m'était donné de le croiser, l'opportunité de pouvoir l'explorer maintenant, toutes ces scènes repassaient dans ma tête et il me semblait que je pouvais maintenant les vivre.

Je ne me possédais plus vraiment mais je voulais le posséder, lui. Tout cela, finalement, fit en sorte qu'à peine entrés chez moi, mes mains cherchaient à le découvrir. Le découvrir de ses vêtements, le découvrir tout court. Je le sentais surpris devant tout ce désir, toute cette audace… Il n'était pas au bout de ses surprises mais il semblait beaucoup aimer puisqu'il se laissait faire docilement.

Avec ma bouche, je lui indiquais le degré de mon désir. Je l'ai guidé jusqu'au sofa où je l'ai invité à s'asseoir confortablement. Pendant ce temps, je suis allée mettre une musique lascive qui accompagnerait le petit numéro que j'allais lui servir. J'étais grisée.

— Ne fais pas cette mine étonnée, Benoît. J'ai envie de toi depuis longtemps tu sais. Ce qui va suivre doit être à la hauteur de cette attente, lui murmurai-je, penchée sur son visage, tout en le regardant droit dans les yeux.

Il devait être étonné. Lui qui m'avait toujours connue plutôt timide ne connaissait pas encore mon côté sucré. En fait, il n'avait pas pu me cerner entièrement, je m'en doutais bien. À la limite, peut-être m'avait-il toujours perçue comme étant un peu froide et il ne pouvait se douter du véritable brasier qui se terrait en moi.

Ce que j'aurais aimé être dans sa tête quand j'ai entrepris un striptease lascif! Il ne devait pas en croire ses yeux! Moi, la toute timide Nathalie qui se déhanchait et qui se trémoussait sans aucune pudeur devant ses yeux, qui, un à un, enlevait ses vêtements pour lui offrir le spectacle de ce corps qu'il aurait pour lui seul dans les instants à venir.

Je pouvais deviner son sexe qui semblait drôlement à l'étroit dans son jean, je pouvais percevoir l'envie qu'il avait de me toucher. Je faisais durer encore cette attente. Après toutes ces années, elle pouvait bien durer quelques instants de plus. De toute manière, après réflexion, je m'étais dit que c'était une bonne chose d'avoir fait grimper mon désir de la sorte, puisqu'il en était maintenant à un stade explosif.

Il était là maintenant, devant moi et je n'allais pas perdre cette occasion maintenant que tout était presque palpable.

Après mon déhanchement lascif, je me suis étendue sur le plancher et me suis mise à me caresser sans retenue. Pendant que les doigts d'une de mes mains enroulaient un de mes mamelons durcis par l'excitation, les doigts de mon autre main s'amusaient à taquiner mon clitoris. De langoureuses, les caresses que je me prodiguais se sont transformées et sont devenues plus soutenues, plus excitées.

Voulant en montrer le plus possible à mon spectateur déjà très allumé, je me suis mise à quatre pattes, les fesses bien en vue, et j'ai continué mon manège. De mes doigts, je labourais mon sexe bien mouillé. Mes doigts, de ma vulve bien inondée, partaient à la recherche de mon anus qui ne désirait pas demeurer en reste. Du coin de l'œil, je le regardais et observais son sexe qu'il avait sorti de son jean tendu par l'excitation et aussi les caresses qu'il n'avait pu empêcher de se prodiguer. D'un signe du doigt, je l'ai invité à venir se servir, j'étais prête. Prête à sentir sa verge me défoncer.

Quelle sensation lorsque j'ai enfin senti son sexe s'engloutir au creux de mon ventre! Toutes ces années à m'imaginer des scénarios, tout ce désir, ces fantasmes si longtemps refoulés. Le sentir enfin au fond de moi, ressentir tous les frissons que ce moment provoquait, était en train de me faire perdre la tête.

Je me suis littéralement emparée de sa verge y allant de mouvements presque bestiaux, saccadés, brusques, qui s'enchaînaient à une vitesse fulgurante.

J'en voulais plus encore ! De ma main, je me suis emparée de son membre bien lubrifié par mon nectar et je l'ai dirigé vers mon anus, dans lequel je voulais maintenant l'accueillir. C'est fou ce que je pouvais être allumée !

Tout doucement, j'ai entré en moi, avec un léger mouvement de va et vient du bassin, le membre chargé à bloc de Benoît puis, lorsque je l'ai senti bien en place, j'ai repris ma folle cadence, m'excitant encore plus de mes doigts qui trituraient mon sexe.

J'entendais Benoît gémir de plus en plus et je savais qu'il essayait de retarder le moment où il allait exploser. Moi, j'en rajoutais, me trémoussant, roulant des hanches, du bassin pour toujours bien sentir son sexe toujours de plus en plus profondément, toujours de plus en plus fort.

D'une main, Benoît m'attrapa fermement par les cheveux, alors que de l'autre, il me claquait sur fesses comme s'il avait voulu me dire « je te possède, tu es à moi ! ». Me sentir prise de la sorte m'excitait au plus haut point. J'adore être prise de cette manière, être sous l'emprise d'un homme quand je baise. C'est immanquable, chaque fois, j'ai l'ultime sensation que c'est moi qui le possède par le désir et l'excitation que je provoque.

Il était très excitant à entendre. Il râlait de plus en plus fort. La sensation de son ventre qui claquait sauvagement sur mes fesses, en plus de ses gémissements de plus en plus forts, ont eu raison de moi et m'ont fait atteindre un orgasme magique.

Benoît, sentant qu'il allait exploser, s'était retiré pour se rapprocher de ma bouche, sa verge tendue, prête à l'explosion. Après m'être étendue sur le dos, j'ai ouvert la bouche, prête à recevoir sa semence. Alors que je soutenais son regard de mes yeux les plus pervers et que je taquinais de ma langue son gland rouge d'excitation, j'ai senti son sperme sur ma bouche, dans mon cou et sur ma poitrine… Ce qu'il goûtait bon mon fantasme ! Mieux que tout ce que j'avais imaginé !

S'affalant à mes côtés, sur le plancher de bois froid qui jurait avec la chaleur de nos corps, il se tourna vers moi encore surpris par ce qui venait de se passer.

— Nathaliiiieee ! Mais que s'est-il passé ? Wow !

— Tu as aimé ? me contentai-je de lui demander, tout simplement.

— Si j'ai aimé ?! C'était volcanique ! me répondit-il tout en étant incapable de réprimer un rire nerveux.

— En fait, je ne cesse de penser à un truc depuis, ajouta-t-il.

— Lequel ? lui demandai-je.

— Pourquoi ?

— Pourquoi quoi ? lui demandai-je, curieuse.

— Pourquoi j'ai attendu si longtemps avant d'ouvrir cette petite brèche que tu as su saisir. Avoir su…

Je l'avais regardé tendrement en le forçant à s'arrêter de parler en lui mettant un doigt sur la bouche.

— Chut! L'heure n'est pas au regret, on a bien trop de temps à rattraper, bien trop de pulsions à assouvir, lui dis-je en m'approchant de lui afin de goûter à nouveau ses lèvres délicieuses.

Il m'enlaça et se mit en tête de récompenser toute cette attente, tous ces fantasmes refoulés, et je me suis laissée happer de nouveau par cette spirale de désir.

Je ne sais plus vraiment combien de temps a duré ce moment de folle excitation, de pur délice, mais une chose est certaine, toutes ces années à fantasmer sur Benoît avaient valu la peine. Cette nuit, ces moments passés avec lui étaient et resteraient gravés à jamais dans mes souvenirs les plus chauds.

Mystère virtuel

Célibataire depuis un peu plus de deux ans et ayant peu d'intérêt pour les bars, je me suis naturellement tournée vers la nouvelle vague de l'heure : Internet. Un peu particulier de magasiner l'âme sœur par modem mais il paraît qu'il faut être de son temps !

Évidemment, mon but était de trouver une personne qui, comme moi, était prête à s'engager dans une relation amoureuse sérieuse. Je m'étais inscrite à un site de rencontre et j'avais élaboré, minutieusement, un texte de présentation disant qui je suis, ce que je recherchais, ce que je souhaitais et aussi ce que je ne voulais pas. Je croyais que les choses seraient simples.

Ce n'était pas le cas. Mon inscription achevée, j'ai commencé à recevoir des offres explicites et il était clair que les hommes qui m'écrivaient n'avaient jamais pris le temps de lire ma fiche. Ils s'étaient tous arrêtés à ma photo. Sans vouloir être prétentieuse, je dois dire que je suis très attirante. Ma longue chevelure rousse, mes yeux clairs, ma taille athlétique et mes atouts très féminins semblaient plaire aux nombreux hommes qui me bombardaient de courriels. Certains étaient sérieux dans leur démarche, mais la chimie n'était pas nécessairement au rendez-vous.

Depuis quelques jours cependant, mon attention était retenue par des missives envoyées par un homme que je tente habituellement d'éviter. J'avais beau me convaincre qu'on ne cherchait pas, lui et moi, à atteindre le même but, rien à faire, il me subjuguait. J'étais incapable de repousser ses allusions grivoises.

Chaque jour, au retour du travail, je me surprenais à espérer qu'il m'ait envoyé un message. Et pourtant, s'il avait appris à me connaître à travers nos conversations et nos échanges de courriels, s'il m'avait vue sous tous les moi, je ne connaissais que très peu de choses de lui. Je ne savais même pas de quoi il avait l'air physiquement. Je me plaisais d'ailleurs souvent à le surnommer « Monsieur Mystère ».

Un vendredi soir, après une rude journée de travail, juste avant d'entamer la préparation du souper, j'ai eu une petite pensée pour « Monsieur Mystère ». Avait-il répondu à mon dernier message ? Songeant qu'il avait peut être exaucé mon souhait, je me suis dirigée vers mon bureau pour ouvrir mon portable et, après quelques clics de souris, je suis effectivement tombée sur son message quotidien.

Il ne fallait pas être devin pour réaliser qu'il s'agissait d'une invitation. Une proposition complètement folle mais en même temps tellement alléchante, je devais bien me l'avouer. Il me donnait rendez-vous. «Il est grand temps que nous franchissions nouvelle étape. À ma manière cependant, si je puis me permettre. Viens donc me retrouver au Nelligan, chambre 119 ce samedi à 20h00. Un paquet t'attend à la réception, passe le prendre avant de me rejoindre. Monsieur Mystère. P.S.: Je ne te demande pas confirmation, je préfère penser que tu accepteras cette invitation d'emblée.»

Et j'avais accepté. En fait, je me surprenais à répondre positivement à son message même s'il ne l'exigeait pas, acceptant du même coup d'enfreindre mes propres limites virtuelles.

Alors que le courriel se frayait un chemin jusqu'à sa boite de messagerie virtuelle, plein de doutes m'assaillirent. J'étais folle! Je ne connaissais rien de lui, je n'étais même pas capable de l'identifier. Je ne l'avais jamais vu. En fait, je n'avais pas la moindre idée de son allure physique exception faite qu'il m'avait dit qu'il avait les yeux et les cheveux bruns, qu'il était «proportionnel» et de taille moyenne. Rien de très précis comme description physique. Il existe combien d'hommes qui possèdent ces attributs généraux et qui se fondent dans la masse que je croise tous les jours sans pour autant en remarquer un? Il me fallait aussi tenir compte de toutes ces histoires d'horreur qu'on pouvait entendre ou lire dans les actualités. Et moi, j'acceptais de me livrer à lui ? Je jouais sur un terrain tout à fait agréable mais aussi très risqué.

Je chassai ces idées de mon esprit. Mon excitation, qui grimpait d'heure en heure, faisait taire tous mes doutes. Je n'avais qu'une seule envie, plonger tête première dans cette aventure qui, je le souhaitais de toutes mes forces, serait à la hauteur du désir que cette homme avait mystérieusement fait naître en moi.

Je partis me coucher tôt ce soir-là. Des images de la soirée du lendemain se bousculaient dans mes pensées et je n'avais trouvé aucune autre façon de les éviter qu'en allant dormir tellement j'étais impatiente.

Le lendemain, je tentai d'occuper mon temps du mieux possible pour ne pas voir passer les heures au ralenti. Je crois n'avoir jamais autant frotté la maison. Tout était impeccable… juste à cause de mon impatience !

Je soupai léger ce soir-là pour ne pas me sentir inconfortable. Une petite salade agrémentée de vinaigrette aux framboises avait suffit. Je ne pouvais pas m'attarder trop longuement à table puisque de toute manière je devais enfin aller me préparer.

Après m'être douchée, je m'étais installée devant ma garde-robe pour choisir mes vêtements. La meilleure carte de visite, lors d'une première rencontre, reste quand même et encore ces apparats judicieusement choisis pour mettre en valeur les attributs que l'on possède. J'optai pour le noir.

Sans être dépressive, j'adore le noir. En être entièrement vêtue donne à mon allure une touche particulièrement attrayante qui se marie parfaitement avec ma chevelure qui contraste violemment avec cette couleur. Le roux de ma chevelure n'en ressortait que plus flamboyant, ce qui n'est pas pour déplaire à mon ego de femme.

J'optai donc pour une jupe et un lainage à large encolure qui me seyait admirablement. J'enfilai au préalable un soutien-gorge et un slip de satin noir. En fait, je me ravisai pour le slip. Tant qu'à jouer le jeu, autant le jouer jusqu'au bout. Je retirai alors mon slip et me surpris à esquisser un sourire narquois en imaginant la scène lorsqu'il remarquerait que j'avais délibérément fait un petit oubli. Enfin, j'imaginais bien qu'il le remarquerait. Je ne croyais quand même pas qu'on me donnait rendez-vous dans la chambre d'un hôtel chic pour jouer une partie de Scrabble ! Je terminai ma toilette en retouchant mon maquillage qui mettait en évidence le vert de mes yeux et me hâtai de quitter la maison. L'heure avançait !

Le moment tant attendu arriva. Dans le hall d'entrée de l'Hôtel Nelligan, je consultai ma montre pour me rendre compte que le temps m'était compté. En fait, je n'avais que le temps de me rendre à la réception pour récupérer le paquet tel qu'indiqué par «Monsieur Mystère» et monter à l'étage. Je me demandais bien ce que pouvait contenir ce fameux colis. Plutôt inhabituelle comme méthode, je devais bien me l'avouer, mais je n'avais pas le temps d'y songer et puis de toute manière, je le saurais dans les instants suivants.

Arrivée au comptoir, je m'adressai au commis pour récupérer le colis.

— Bonsoir, j'aimerais savoir... il y aurait, semble-t-il, un paquet laissé à mon nom par Monsieur... euh... enfin, il y aurait...

Je venais de réaliser que je ne connaissais même pas son nom. Enfin, son vrai nom. Et que le mien lui faisait défaut tout autant. De quelle manière avait-il bien pu enregistrer le colis? Quel nom y avait-il inscrit?

Je me risquai, non sans un grand moment de gêne, à une supposition.

— Hum, désolée, j'avoue ne pas trop savoir à quel nom le paquet a pu être identifié. Serait-il possible que ce paquet provienne de «Monsieur Mystère»?

Un léger sourire s'afficha prestement sur le visage du commis.

— Effectivement Madame, pas besoin de vérifier, je me rappelle très bien avoir pensé que c'était plutôt inhabituel et tout à fait mignon ce surnom.

Je le remerciai hâtivement, pris le paquet et tournai les talons pour partir en direction de la chambre, les joues empourprées. J'avais l'impression d'avoir sur le front, écrit en grosses lettres, «rencontre coquine». Je me sentais comme si je venais de me faire prendre à faire un mauvais coup.

Arrivée à l'étage, je pris un instant pour retrouver mon calme et, du même coup, vérifier mon maquillage. Je remarquai à ce moment-là, en déposant le paquet, qu'il y avait une petite enveloppe sur laquelle on pouvait lire : « Lire avant d'entrer ». Dans mon énervement, je ne l'avais pas vue. C'était une bonne chose que je l'aie finalement remarquée. Autrement, la mise en scène aurait pu être compromise, me suis-je dit.

« Chère inconnue. Si tu lis cette petite lettre c'est que tu es définitivement la femme que je m'étais imaginée. Cette femme qui possède une dose de pudeur mais qui n'hésiterait pas à la laisser tomber, le temps de profiter des charmes de la vie. Alors voilà, je te propose d'en partager quelques-uns avec moi ce soir. Tu souhaitais me connaître davantage, disais-tu. Je te l'offre donc, mais à ma manière. Je t'offre de me connaître davantage… mais autrement qu'avec tes yeux. Je souhaite qu'avec tes yeux, tes doigts, ta bouche… ton sexe, tu me découvres. Une condition cependant subsiste pour que tu savoures pleinement ce moment. Un bandeau. Tu le trouveras dans la boîte. Avant de frapper à la porte, assures-toi de bien te bander les yeux. Je te promets que tu n'as pas à t'inquiéter, je serai là pour t'accueillir, pour vivre des plaisirs, disons-le, très périlleux… mais très prometteurs ! »

Ouf ! Je n'étais définitivement pas au bout de mes surprises avec cet homme ! Déjà, j'avais franchi plusieurs de mes limites mais…

— Je suis ici maintenant, ce n'est plus le temps de faire marche arrière, me dis-je tout bas en ouvrant la boîte.

Je saisis le bandeau qui s'y trouvait et me rendis à la porte de la chambre pour le mettre sur mes yeux et frapper à la porte, préférant ne pas hésiter, juste au cas où la lucidité me reviendrait.

Quelques secondes plus tard, la porte s'ouvrit devant moi et sans dire un mot, il me dirigea à travers la pièce jusqu'à ce qu'il m'invite à m'asseoir sur le canapé. Lui si près de moi, son souffle chaud et son parfum enivrant… tout cela m'excitait terriblement ! Le bandeau qui bloquait ma vue décuplait mes autres sens à un point dont je ne me serais pas douté. J'aurais tellement eu envie à ce moment précis d'enlever ce qui voilait mon regard. Paradoxalement, j'avais peur mais j'étais plutôt soulagée d'avoir les yeux clos par la condition que j'avais décidée d'accepter. Je redoutais qu'il ne soit pas comme je me l'étais imaginée.

Je pris alors la décision de me laisser totalement guider par ses gestes et n'écouter que le désir qui me consumait.

— Je suis heureux que tu aies accepté mon invitation. Tu me fais un grand plaisir en m'honorant de ta présence ce soir, ma toute belle.

Il mit mes mains dans les siennes pendant que sa voix grave et envoûtante me murmurait ces mots à l'oreille.

Je sentis son souffle s'éloigner de moi et j'imaginais qu'il avait pris une certaine distance pour mieux m'observer. Et tout cela en silence. Ce qui me rendait folle.

Tous mes sens étaient en émoi par cette petite mise en scène. Ce simple préambule faisait en sorte que je n'en pouvais plus de languir. Je ne le voyais pas mais je pouvais deviner qu'il laissait durer son plaisir en prenant un malin plaisir à m'examiner à sa guise. Pour le peu que j'avais pu entrevoir, sa peau était douce et les muscles de son bras, saillants. En fait, ce que j'avais deviné par mes mains m'interpellait. Il devait sentir le trouble qui m'envahissait puisqu'il se rapprocha et je pus enfin le sentir à nouveau tout près de moi.

Je sentis son souffle sur ma bouche et mes lèvres se mirent à chercher les siennes. J'avais beau avoir les yeux bandés, mon instinct me guidait. La bouche avide, ma langue cherchant la sienne, je lui démontrai par ce baiser enflammé tout le désir qu'il suscitait chez moi.

Mon inconnu profitait de son avantage. Ses mains se baladaient sur mon corps en émoi, frôlant coquinement mon sexe déjà inondé, et empoignaient fermement ma poitrine de ses mains puissantes, ce qui provoquait chez moi des râlements soutenus de plaisir.

Il m'avait fait relever et, tout en me caressant, il avait réussi, habilement, à me débarrasser de mes vêtements.

Sa douceur et sa dextérité étaient étonnantes et je ne regrettais pas ma témérité.

— Où est donc passée ta pudeur Mademoiselle ? L'aurais-tu laissée à la réception ? Y aurais-tu aussi laissé ton slip par hasard? me demanda-t-il à voix basse, amusé et un peu surpris d'être témoin du torrent qu'il était en train de se provoquer.

— Je suis un volcan qui dort, « Monsieur Mystère », il faut seulement ne pas le réveiller. Autrement, c'est à vos risques et périls, lui répondis-je dans un souffle juste avant de me réapproprier sa bouche tout en déboutonnant sa chemise.

Lorsque je pus enfin sentir la chaleur de sa poitrine sous mes mains, j'en approchai ensuite mon visage pour pouvoir baiser et lécher toutes les parcelles de peau qui se trouverait sur le sillon me menant à son bas ventre. Je m'attardai au passage à ses mamelons que je m'amusais à faire durcir. Sa respiration qui s'accélérait me confirmait qu'il aimait mes caresses.

Sa peau qui frissonnait sous mes lèvres m'encourageait à poursuivre mon périple vers son plaisir. Il devait prendre son pied de voir cette jolie rouquine se trémousser comme une chatte en chaleur entre ses jambes. Il devait avoir un joli coup d'œil en me voyant, soumise à son plaisir et complètement aveuglée par ce bandeau. Il n'était assurément pas le seul à être excité. D'imaginer la scène m'excitait tout autant.

Son pantalon et son slip enlevés, j'avais tout le loisir de m'amuser comme je le voulais avec son sexe gonflé de désir. Alors qu'il gémissait de satisfaction, je frottais ma poitrine contre cette verge bien érigée. Lorsque je le sentis excité à point, je le léchai de la base jusqu'à son gland, tout doucement pour ensuite complètement l'engloutir au fond de ma bouche. J'allais et venais frénétiquement, ma langue s'entortillant tout autour de son gland à chaque remontée. Plus je le suçais, plus il râlait. Ses testicules se rétractaient, ses jambes tremblaient, il devenait de plus en plus vulnérable sous mes caresses et j'adorais le sentir faiblir sous mon emprise. La fellation que je lui servais m'allumait de plus en plus. Ses grognements, ses soubresauts de plaisir contribuaient à m'embraser d'avantage. J'avais le corps en feu ! Avant qu'il n'explose dans ma bouche, j'ai arrêté ce manège afin de faire durer le plaisir.

Après l'avoir fait asseoir sur le canapé, m'agenouillant au dessus de lui, je me plaçai de façon à ce que ma poitrine soit à la hauteur de sa bouche. Je voulais sentir sa langue me posséder. Il s'est emparé de mes seins, entortillant de ses doigts les pointes durcies par le plaisir, les léchant de sa bouche experte. Ses caresses savamment maîtrisées m'arrachaient de petits cris de lancinants.

J'adorais, mais je souhaitais davantage. Mon sexe aussi souhaitait sa bouche, sa langue. Mon bas ventre implorait sa présence. L'envie d'y sentir la douceur et la chaleur de sa langue devenait de plus en plus violente. Mon sexe, que je frottais contre lui, en disait long sur mes envies. Il lui fallut peu de temps pour capter le message que je lui envoyais.

Il me guida vers le lit pour que je m'y étende et il écarta mes cuisses pour bien entrevoir mes lèvres et mon clitoris rouge de désir. Tout doucement, il s'en approcha et se mit en tête de faire frémir chaque parcelle de mon corps avant d'arriver au moment ultime où sa langue ferait connaissance avec ma chatte.

Il me narguait de sa langue, la faisant courir à l'intérieur de mes cuisses, se promenant de l'une à l'autre tout en prenant soin de lécher à la volée mes lèvres gonflées d'excitation. À chaque fois, une décharge de plaisir électrifiait mon corps tout entier.

Il me fit grâce de cette torture en plaquant sa bouche sur ma vulve et en labourant mon antre de coups de langues gourmands. Il ne souhaitait pas me ménager. Il inséra un doigt, puis un deuxième dans mon vagin, en aventurant même un autre dans mon anus bien détendu par le plaisir. Le mouvement de son va-et-vient rythmait avec le mouvement de mon bassin qui se trémoussait de plaisir. Lorsque mes râles se sont transformés en gémissements maintenus, il s'était attaqué à mon clitoris qui ne souhaitait que ça. Le désir et le plaisir étaient si intenses qu'il n'eut pas à s'y attarder longuement. Dans un élan, folle d'un plaisir porté à son paroxysme, j'ai joui dans un grand cri.

Encore sous l'emprise d'un plaisir fou, je l'invitai à se laisser faire. Le plaquant dos contre le sol, je me mis au dessus de lui et glissai son sexe érigé tout au fond de mon antre. Tout doucement puis plus prestement, jusqu'à le faire de façon presque sauvage, je m'empalais sur sa verge faisant claquer mes fesses contre sa peau.

J'avais beau avoir les yeux bandés, être, en apparence, celle qui était soumise, je ne pouvais m'empêcher, même privée de mes yeux, d'être celle qui avait le plus de contrôle. De mes mouvements de bassin que je balançais à ma guise, j'avais le contrôle sur le degré de plaisir de mon partenaire. Ce n'était pas sans me déplaire mais je ne voulais pas abuser en prolongeant trop la torture. Je repris une cadence effrénée à mesure que ses gémissements s'accentuaient. Je sentais l'orgasme poindre, je pouvais sentir ses muscles se raidir, son corps secoué par des soubresauts. Alors qu'il allait atteindre l'orgasme à son tour, je l'ai supplié de me laisser le goûter.

Il se hâta de se remettre sur pied et me tenant à genoux devant lui, je lui offris ma bouche à utiliser à sa guise. Il s'approcha de moi et y enfourna son sexe. À la même cadence que la chevauchée que nous venions de vivre, je le suçai et l'aspirai. J'allais et venais avec ma langue guettant les premières gouttes de sa semence.

Dans un grognement de plaisir, il éjacula à grands jets dans ma bouche, son sperme dégoulinant sur mon visage. En femme pervertie que j'étais devenue sous son emprise, je pris bien soin de tout lécher de mes doigts. Je m'étonnais même à constater à quel point mes inhibitions avaient disparu. Je me connais, jamais je n'aurais jamais fait ce dernier geste en temps normal. Peut-être le bandeau me donnait-il l'impression d'être une toute autre personne. Il faudrait que je me penche là-dessus.

Exténués tous les deux par tant d'intensité, nous nous sommes affalés sur le grand lit qui était tout près. Collés l'un contre l'autre, vidés et en même temps repus de satisfaction. À ce moment précis, par contre, je ne pouvais plus contenir le désir de voir qui je venais de baiser!

L'inquiétude me tenaillait, allait-il être comme je me l'étais imaginé? Il avait beau être un amant extraordinaire, un minimum de beauté n'était pas négligeable pour préserver ce moment qui pourrait devenir un souvenir mémorable. Cela peut paraître superficiel mais l'idée de découvrir un homme ne correspondant pas à mes critères de beauté pouvait compromettre ce voluptueux moment.

Le moment de retirer mon bandeau était imminent. Autant j'en avais terriblement envie, autant l'inquiétude me rongeait.

Je ne pouvais pas m'éterniser avec ce bandeau sur les yeux. Alors que, maintenant, le contexte ne se prêtait pas à cet accessoire, je n'avais d'autre choix que m'en départir et faire face à la musique.

Tout doucement, je retirai le tissu qui couvrait mes yeux mais pris quand même soin de garder mes yeux clos quelques instants pour maintenir le suspense encore un peu. Timidement, tout doucement, j'ouvris les yeux et dirigeai mon visage vers «Monsieur Mystère» pour enfin en découvrir son visage.

Je n'étais pas déçue. Pas du tout. En fait, sans avoir une beauté classique, il avait un charme indéniable. Ce petit je ne sais quoi qui fait qu'on craque. Je découvris son visage de mes yeux mais aussi d'un léger effleurement de mes doigts. Je prenais plaisir à toucher ses lèvres charnues, son nez aquilin, sa barbe naissante. Et tout en me noyant au fond de ses yeux bruns, je m'approchai de lui pour glisser sur ses lèvres un baiser qui répondrait à la question qu'on pouvait lire au fond de son regard.

— Tu me plais « Monsieur Mystère », pas de doutes… tu me plais, le rassurai-je.

Étrangement, depuis que je ne portais plus le bandeau qui me voilait la vue, il semblait un peu plus démuni. Lui qui, jusque là, avait toujours été d'une confiance presque effrontée.

Je compris qu'il avait eu jusque là tout le loisir de voir et apprécier qui j'étais. De son côté, cependant, l'enjeu était de taille puisqu'il ne se dévoilait qu'après coup.

Pour sceller davantage mon aveu, je me tournai complètement vers lui et allongeai mon corps sur le sien. Enfouissant mon visage dans ses cheveux, je me rapprochai de son oreille.

— Maintenant qu'on a fait connaissance, enfin, vraiment connaissance… Es-tu assez pervers pour recommencer, mais à ma manière ?

Il éclata d'un rire qui sonnait bon à mes oreilles et je me dis que vraiment, ma témérité avait été payante. Il était absolument mignon !

L'initiation

Quand j'y pense, cette histoire m'excite encore et parvient à me faire mouiller. Ce jour-là avait été un des plus torrides de mon existence. Son souvenir parvient toujours à faire grimper en moi des vagues de chaleur.

Je venais d'avoir mes vingt ans, j'étais encore vierge et très sage et je ne m'attendais pas à connaître une première expérience sexuelle aussi particulière.

Cet été-là, il faisait très chaud. Mes parents étaient partis pour la fin de semaine et j'avais donc la maison pour moi toute seule. Geneviève, ma meilleure amie, devait venir me rendre visite en après-midi, après un séjour de deux mois au Mexique. Lorsqu'elle est arrivée et que je lui ai ouvert la porte, je me suis rendue compte qu'elle était accompagnée d'une femme qui semblait être un peu plus âgée que nous deux, mais sans plus. Elle devait avoir environ cinq ou six années de plus que nous.

Elle était très jolie et beaucoup plus femme que moi m'étais-je dit, étonnée de m'être fait la réflexion à plusieurs reprises alors que nous discutions. Sans que je ne comprenne trop pourquoi, ses longs cheveux blonds et sa poitrine développée me subjuguaient.

Elle allait bien avec Geneviève qui, elle non plus, n'avait rien d'un laideron. Jolie blonde, bien pulpeuse, elle avait des formes très attrayantes. Peut-être parce que cela faisait plusieurs années que je la connaissais, je réalisais qu'elle n'avait jamais provoqué chez moi l'effet que sa copine me faisait. En fait, je crois que quelque chose se passait en moi... On aurait juré que tous mes sens étaient à l'affût ce jour-là, comme si ma virginité tout-à-coup devenait une tare à assumer.

Comme il faisait vraiment chaud, nous avons décidé de rester à l'intérieur de la maison où les climatiseurs travaillaient à nous rafraîchir. Nous nous sommes dirigés vers le salon pour une grande discussion. Je voulais tout savoir du séjour de Geneviève au Mexique et j'ai su à ce moment que c'est là que Geneviève et Annie s'étaient rencontrées. Elles s'étaient liées d'une belle amitié et Geneviève tenait à me présenter cette «nouvelle amie». De conversations en discussions, on avait aborder le sujet du sexe ce qui me captivait d'autant plus que j'avais éprouvé des sentiments étranges pour cette femme lors de son arrivée. Annie, qui ne semblait pas avoir de tabous, m'avait demandé s'il m'arrivait de me caresser même si j'étais encore vierge. Je sentais mes joues s'empourprer de timidité mais j'ai quand même osé répondre que, oui, cela m'arrivait mais que j'en tirais un plaisir plutôt timide.

Toutes les questions qu'elle me posait me troublaient. Mon cœur battait la chamade mais mon sexe, pour la première fois de ma vie me procurait une bien curieuse excitation. J'avais l'impression que ma petite culotte était tellement mouillée que ça devait paraître!

Mes petits seins pointaient et remplissait davantage ma robe. Annie l'avait remarqué et a osé une invitation. Elle s'était levée, s'était avancée vers moi et m'avait demandé si j'avais envie de connaître ses caresses. J'étais surexcitée mais en même temps je craignais un peu ce qu'elle allait me faire. Elle me rassura du mieux qu'elle le put en m'invitant à me laisser faire. Elle me dit que je n'avais qu'à me détendre et qu'elle s'occuperait du reste.

Pendant que Geneviève nous regardait, Annie m'a fait étendre sur le sofa et m'a caressée de ses mains. Celles-ci se frayaient un chemin sous ma robe, ses doigts enroulaient mes mamelons durcis par l'excitation. Ces nouvelles sensations me faisaient déjà râler de plaisir et ce n'était que le début! Geneviève, qui ne voulait pas être en reste, s'est installée derrière Annie qui se trouvait agenouillée devant moi. Elle a retiré son short et a commencé tout doucement à caresser le sexe d'Annie qui semblait tout aussi excitée que moi.

J'avais les yeux mi-clos lorsque j'ai senti la langue chaude d'Annie se plaquer sur mon ventre. Je l'ai regardée et j'ai vu qu'elle me regardait aussi. «Tu vas prendre ton pied! Tu te laisses faire, tu comprends… tu ne fais rien. Je vais te donner tout le plaisir qu'une jeune femme comme toi peut avoir pendant l'amour. Après, quand tu seras seule, tu pourras te masturber autant de fois que tu le veux. Tu verras, c'est bon… c'est très bon. C'est dommage que tu n'aies pas encore connu le vrai plaisir.»

Sa main droite commençait à relever ma robe. J'étais parcourue d'un frisson sur tout mon corps. Elle m'avait convaincue. Annie et Geneviève se sont levées et se sont entièrement dévêtues et je les imitai. Elles étaient tellement bien faites toutes les deux, toutes bronzées, arborant toutes les deux une poitrine bien ferme et un mont de Vénus bien épilé. Elles ont toutes les deux repris leur places respectives et ont poursuivi là où elles s'étaient momentanément arrêtées.

Annie me caressait les seins puis repris le petit manège de langue qu'elle avait entamé. Sa langue douce et chaude contre ma peau, elle provoquait une délicieuse sensation qui faisait courir sur tout mon corps de grandes ondes de frissons. Ses lèvres sont remontées de mon ventre vers ma poitrine jusqu'à ce qu'elles engloutissent un de mes seins. C'était tellement bon que je prêtais à peine attention à Geneviève qui embrassait avec avidité le sexe d'Annie qui, incapable de s'en empêcher, ne se privait pas de gémir de plaisir.

Malgré son plaisir, Annie continuait de me propulser doucement au septième ciel en jouant la carte de la tentation.

Sa langue, maintenant, agaçait ma vulve et je sentais le besoin criant qu'elle aille plus loin, plus profondément en moi à tel point que j'en étais réduite à me trémousser pour inciter Annie à enfin me soulager.

Je n'ai pu retenir un petit cri lorsque Annie s'est mise à explorer mes lèvres avec sa langue. Quelle sensation !

De ses doigts, elle avait écarté mes petites lèvres pour mieux lui permettre de voir mon clito. C'est ce petit bouton qui semblait l'intéresser plus que n'importe quoi d'autre et je n'allais certainement pas m'en plaindre. Chaque coup de langue m'électrifiait le corps ! Elle léchait, suçait, introduisait sa langue bien dure à l'intérieur de mon sexe, me bouleversant de plaisir et de bonheur.

De son côté, Geneviève s'était armée pour aussi amener Annie à l'extase. Elle avait sorti un vibrateur de son sac et en caressait la vulve de cette nouvelle amie avec un acharnement presque enragé. J'avais l'impression que Geneviève avait plus d'un tour dans son sac. Elle était étonnante et j'avais l'impression de la redécouvrir, de connaître une nouvelle femme. Elle s'était placée sous Annie, toujours agenouillée devant moi, et s'était appuyée la tête contre quelques coussins attrapés au vol pour lui faire un cunnilingus doublé d'une pénétration avec le vibrateur. Annie en avait du mal à maintenir son attention sur mon sexe et une seconde, j'ai pensé à protester tellement je voulais qu'Annie aille plus loin et me fasse découvrir de nouvelles sensations.

Annie s'était bien promis de me faire connaître l'extase et malgré les effets que multipliaient Geneviève et qui la dérangeaient dans sa concentration, elle n'allait pas tarder à m'y amener! Elle a délaissé momentanément mon clitoris, glissant sa langue sur ma chatte humide et est descendue jusqu'à ce que je sente sa langue atteindre mon anus. La sensation de chaleur humide, de cette langue insistante à l'entrée de mon anus me procurait un plaisir encore inconnu. J'ai écarté les jambes découvrant totalement mon sexe et mon anus. Elle a, à ce moment, relevé la tête pour me demander si j'aimais ses caresses. Prête à fondre, je l'ai suppliée de continuer.

Une vague de chaleur envahissait tout le bas de mon ventre. Annie était revenue à mon clitoris et s'acharnait sur celui-ci, cherchant à me faire exploser. De temps à autre, elle recueillait mon liquide de sa langue ou encore portait à sa bouche ses doigts qui en étaient couverts. Elle continuait sans cesse de me lécher, de me sucer, de me masser la vulve tout en prenant garde à «ma petite membrane virginale». Elle continuait, me faisait gémir de ses caresses, elle-même souffrant délicieusement des caresses que lui imposait Geneviève. Dans cette cacophonie jouissive, j'ai atteint un orgasme fulgurant, suivi de près d'Annie qui n'en pouvait plus de réprimer le sien.

À bout de souffle, repues de plaisir, nous nous sommes toutes affalées sur les sofas pour tenter lentement de reprendre nos esprits. J'avais eu droit à une initiation improvisée en présence de ma meilleure amie, même si Geneviève avait été plus spectatrice qu'artisan de mon plaisir. N'empêche que je n'aurais voulu pour rien au monde manquer de connaître sa copine Annie dont les attouchements m'avaient transformée en volcan. Jamais, je le savais, je ne pourrais oublier cette première expérience sexuelle !

J'ai maintenant un conjoint, un homme. Mais parfois, la tentation est trop forte et nous nous organisons avec plaisir, Geneviève, Annie et moi, de petites soirées entre filles !

Plaisir solitaire

Représentante de profession, mon travail me forçait à beaucoup voyager et il m'arrivait toutes sortes d'aventures, certaines plaisantes, d'autres moins, du moins sur le coup. Plus tard, avec l'usure du temps, je parvenais à remettre les choses en perspective mais j'avais quand même appris depuis un bon moment comment gérer mes pulsions. Toutes mes pulsions. Par le passé, de ne pas avoir su le faire m'avait valu de connaître de mauvaises expériences. Heureusement, on ne peut pas frôler la catastrophe tous les jours.

Un jour, j'étais allée faire une démonstration chez un client et je retournais à l'hôtel où j'étais logée quand j'ai été prise d'une envie de me masturber. J'avais du mal à me concentrer sur la route tellement je salivais déjà en pensant au moment où je me gâterais. Arrivée à ma chambre, j'ai déposé mon portable, me suis débarrassée de mon imper, sorti mon dildo de ma bourse et saisi au vol mon huile qui se trouvait sur la table de chevet. En m'asseyant sur le divan, j'ai enfin pu relaxer de ma journée d'enfer et j'ai enfin pu m'adonner à mon passe-temps favori, enfin pu assouvir cette envie viscérale de me procurer du plaisir.

Bien installée, j'ai commencé à me caresser tout douce-ment. Mes mains se baladaient un peu partout, effleurant ma poitrine bien dure, agaçant mon sexe affamé. J'ai commencé tout doucement à défaire les boutons de mon chemisier, laissant apparaître ma poitrine qui commençait à déborder de mon soutien-gorge. Je l'ai dégrafé afin de pouvoir enfin sentir mes seins dans mes mains. De mes doigts, je caressais un de mes mamelons alors que mon autre main s'attardait plus sérieusement à ma vulve. Tout doucement ma respira-tion devenait de plus en plus rapide, conséquence directe de ce prélude agréable.

Sous l'emprise d'une excitation de plus en plus évi-dente, je me suis débarrassée de mes vêtements pour m'offrir plus de liberté de mouvements et me permettre de mieux prendre mon plaisir. Tout en poursuivant mes caresses, je me suis emparée de mon huile et j'ai enduit mon corps de ce lubrifiant si grisant. Le contact de l'huile sur ma peau me faisait frissonner de plaisir, l'effet glissant ne faisant qu'amplifier mon envie de me caresser. J'ai ajouté un peu d'huile à ma vulve tout en me massant le clitoris avec atten-tion. L'envie de sentir en moi mon joujou devenait de plus en plus irrésistible. Refusant de me faire languir un seul instant de plus, je m'en suis emparée, l'ai mis en marche et j'ai commencé à agacer légèrement mon clitoris déjà tout rouge d'excitation. L'huile n'était pas nécessaire, mon sexe était lubrifié un maximum.

Tout doucement, j'ai enfilé mon dildo entre mes lèvres gorgées d'excitation, pour le faire lentement pénétrer en moi. Les vibrations émises par mon jouet provoquaient des sensations si intenses que je n'ai pas pu retenir les petits hoquets de plaisir qui m'étranglaient la gorge. Les mouvements de ma main qui tenait le vibrateur, lents au départ, se sont mis à s'accélérer de plus en plus entre mes cuisses, créant rapidement une tension qui se répandit dans tout mon corps.

J'étais tellement absorbée par mon plaisir que je n'avais pas remarqué que la porte de ma chambre s'était ouverte et qu'un couple était entré. Silencieux, ils étaient restés cloués sur place à observer le spectacle que je leur offrais sans le savoir. Ils s'étaient trompés de porte mais la scène qui se présentait à eux leur avait probablement enlevé l'envie de partir.

Un petit toussotement discret m'a fait redescendre sur terre et l'espace d'un moment j'ai eu le réflexe de me couvrir. Mais leur excitation était visible et je me suis détendue tout en soutenant leur regard et en constatant que plutôt que d'être intimidée, leur présence me survoltait. J'ai repris mon manège, consciente que mon plaisir solitaire prenait une tournure tout à fait inattendue et tellement excitante.

La femme, plutôt jolie et apparemment dotée d'une poitrine imposante s'était tout doucement approchée de moi, incertaine, semblant hésitante à me caresser malgré l'intérêt qui se lisait dans ses yeux qui me dévoraient littéralement.

Je lui ai tendu la main afin de l'inviter à venir contribuer à mon plaisir.

Satisfaite de mon approbation, elle s'était approchée plus près de moi, prenant ma poitrine bien dure, bien tendue, dans ses mains. Le contact de ses mains sur ma peau huilée, son souffle court que je percevais très bien, m'excitaient de plus en plus.

Devant nous, son conjoint, du moins j'imaginais que c'était son conjoint, avait abaissé sa fermeture éclair et exhibait son pénis en érection tout en se caressant.

La femme devenait quant à elle de plus en plus entreprenante dans ses gestes. Elle interrompit ses caresses une seconde pour défaire la boutonnière de son chemiser, le laisser tomber, tout comme sa jupe, pour rapidement se défaire de ses collants et de son slip et enfin dégrafer son soutien-gorge. Elle avait des seins lourds à l'aréole très large, d'un brun très pâle, avec au milieu une pointe déjà dressée par l'excitation. Ses seins surmontaient un ventre plat qui allait mourir sur une toison finement taillée qui cachait avec difficulté ses lèvres humides d'excitation.

Elle revint vers moi et se pencha sur ma poitrine. Après avoir bien léché mes mamelons, elle avait empoigné mon vibrateur continuant ainsi les mouvements que j'avais entrepris et s'était mise à laisser courir sa langue entre ma poitrine et mon clitoris. J'avais tellement envie de sentir sa langue entre mes cuisses, tellement envie d'être goûtée par cette inconnue qui avait si délicieusement osé. Chaque parcelle de peau qu'elle goûtait au passage m'arrachait un râle de plaisir tellement mon désir était à son comble, tellement que lorsqu'elle a plaqué sa bouche contre mon sexe et a atteint mon clitoris, j'ai failli avoir un orgasme presqu'immédiatement.

Elle m'allumait tellement que j'en avais presque oublié l'homme qui se caressait toujours en nous observant de ses yeux avides. D'un signe du doigt, je l'ai invité à se joindre à nous tellement sa queue me semblait gonflée à bloc. L'envie de la goûter m'obsédait. L'homme, à la vue de ma langue qui humectait mes lèvres et de mes yeux qui s'allumaient de plus en plus, avait compris que j'allais lui faire sa fête.

Quand il arriva à ma portée et pendant que je continuais de me faire caresser par sa conjointe, j'ai porté son membre à ma bouche et je l'ai bien léché afin de bien le lubrifier de ma salive, tout en continuant de le regarder à chaque coup de langue.

Dès que j'ai été bien certaine qu'il appréciait, je lui ai sucé la bite de manière acharnée, frénétique tout en prenant soin de retarder le moment où il allait jouir. Entre mes jambes, mon jouet faisait un travail superbe mais d'avoir un sexe vivant et solide si près était une occasion que je ne devais pas rater. Lorsque j'ai senti que ses gémissements devenaient de plus en plus maintenus, je me suis levée, forçant tout le monde à changer de position.

De mes mains, j'ai empoigné la taille de l'inconnue pour la diriger vers le divan. Elle m'avait tellement bien goûtée, si bien procuré du plaisir que je voulais lui rendre la pareille. Je me suis ensuite mise à quatre pattes entre ses jambes afin de m'attaquer au joli clitoris tout rose qui se présentait à moi. En la léchant tout doucement, j'ai pris soin de faire parcourir ma langue jusqu'à son anus, ce qui semblait tout à fait lui plaire. Lorsqu'il fut bien lubrifié, j'ai inséré tout d'abord un de mes doigts pour préparer la voie avant de la pénétrer avec mon vibrateur. Tout en faisant un mouvement de va-et-vient, je lui ai léché et sucé le clitoris devenu dur. Plus elle se trémoussait, plus ma langue labourait son bouton et plus je goûtais son nectar. Elle m'excitait tellement que même si je me souciais de lui procurer du plaisir, elle était en train de m'enflammer le ventre.

D'une de mes mains, j'ai montré mes fesses à l'homme. J'avais envie d'une chevauchée torride, envie de sentir sa queue dans mon sexe tout mouillé.

Il est venu s'installer derrière moi et a tout d'abord commencé par m'agacer en n'utilisant que son gland entre mes lèvres. Sa queue quittait mon antre à chaque mouvement de va-et-vient. N'en pouvant plus d'excitation, je tendais mes hanches à chaque fois à la recherche de son pénis. D'un seul coup, il m'a pénétrée, allant faire buter son gland à chaque fois au fond de mon vagin, ses mouvements secs, rapides, me faisant hurler de plaisir. À cette cadence, j'allais très vite atteindre l'orgasme. Je le sentais, je le voulais et c'était tellement bon.

J'ai augmenté la cadence de sa chevauchée en l'aidant de mouvements du bassin, l'invitant à aller toujours de plus en plus loin, tout en tentant de me concentrer sur le plaisir que je donnais à la femme qui ronronnait déjà de jouissances contenues. Pour elle, j'accélérais la vitesse des passages de mon vibrateur dans son anus. Le plaisir que nous nous donnions tous en même temps était en train de créer des volcans qui ne tarderaient pas à entrer en éruption.

Avant que nous explosions de plaisir, je me suis couchée sur le dos, je voulais accueillir le liquide chaud qui gorgeait la verge de celui qui venait de me prendre. Mais avant, pour l'amener à l'éruption, je l'ai masturbé entre mes seins bien durs pendant que la femme, prête à éclater, s'était installée sur ma bouche.

Il ne m'a fallu que quelques coups de langues bien dirigés sur son clitoris pour lui faire atteindre un orgasme magistral. De voir sa conjointe qui venait de jouir de la sorte avait amené l'homme au point de rupture. J'ai donc accentué mes mouvements, resserré ma poitrine bien fermement sur son sexe et en quelques secondes, j'ai commencé à sentir un liquide chaud qui se répandait dans mon cou, sur mon visage. Leurs deux liquides s'entremêlaient et je les regardais tous les deux tout en me délectant, sans retenue.

Ce que nous venions de vivre, alors que nous ne nous étions même pas parlés une seule fois au préalable, était quelque peu risqué mais comment résister à un plaisir solitaire qui se transforme de façon aussi subite que délicieuse.

Lentement, je les avais laissé reprendre leur souffle et ils s'étaient relevés, me laissant presque morte de jouissance sur le tapis. Encore fébrile, j'ai vu l'homme refermer son pantalon pendant qu'elle se rhabillait méthodiquement. Sans bouger, je les ai vus quitter ma chambre en parlant entre eux à voix basse.

Je pense être restée dix minutes couchée par terre avant de songer à me relever. Quand, enfin, j'ai décidé d'aller prendre un bain, ils devaient tous deux être en train de discuter de notre petite séance improvisée.

Je me suis finalement lavée et après quelques coups de téléphone à des clients, donnés alors que j'étais toujours nue, je me suis vêtue pour descendre à la salle à manger.

J'étais assise devant mon apéro depuis une dizaine de minutes quand je les ai vus tous deux entrer et passer devant moi en me saluant brièvement. Ils s'installèrent à deux tables de la mienne et entreprirent une discrète conversation.

À un certain moment, l'homme est repassé devant moi et j'ai vu sa copine se rapprocher.

— Je peux me joindre à vous? demanda-t-elle d'une voix très douce.

C'était étrange, je lui aurais prêté une toute autre voix.

— Bien sûr. Asseyez-vous.

— Je vais chercher mon verre et je reviens.

— Je vous attends, je ne bouge pas.

Trente secondes plus tard, elle s'installait face à moi.

— Je m'appelle Renée, dit-elle en tendant la main.

— Moi, c'est Axelle, dis-je en souriant. C'est vrai que les présentations ont été plus que brèves, tout à l'heure.

— Oui. Je suis désolée. Mais on ne s'attendait vraiment pas à ça.

— Moi non plus, aussi bien vous le dire. Il est vigoureux, votre homme.

Elle avait replacé distraitement une mèche de ses cheveux.

— Ce n'est pas mon homme.

— Non?

— Un collègue avec qui je m'envoie en l'air de temps en temps. Je suis célibataire. Lui, il est marié. C'est d'ailleurs pour ça qu'il est déjà parti. Et vous?

— Célibataire aussi. Pas de surprise de ce côté. Vous habitez en ville.

— Oui. Mais vous, vous n'êtes pas d'ici.

— Non, de Trois-Rivières. C'est central et dans mon travail, c'est pratique. Je passe ma vie à voyager d'une ville à l'autre.

Ça m'intriguait de savoir ce qu'ils avaient fait après m'avoir quittée.

— Si j'ai bien compris, dis-je, vous étiez tous les deux à l'hôtel pour baiser.

— Tout à fait, dit-elle en souriant. Évidemment, ça ne s'est pas passé tout à fait comme on l'avait prévu mais c'était très agréable. Disons qu'en quittant votre chambre... Axelle, on peut se tutoyer? Je pense qu'on est assez intimes pour le faire.

— Pas de problème, Renée, répondis-je en souriant. Donc, en quittant ma chambre?

— En quittant la chambre, on s'est rendus dans la nôtre et il était encore tellement excité qu'il voulait absolument qu'on te rappelle pour te dire de te joindre à nous.

— Et tu n'as pas voulu?

Elle hésita un instant.

— Il y avait un truc que je voulais faire, dit-elle enfin.

— Je peux savoir?

— Pourquoi pas? Après tout, comme je le disais, on est assez intimes. Je voulais qu'il me baise après m'avoir attachée. Je voulais savoir comment c'était.

— Et?

— Ça ne s'est pas très bien passé, dit-elle avec un sourire qui s'épanouissait dans son visage.

— Comment ça?

— Il était un peu... Comment dire? Il avait un peu de difficulté à garder son érection. Alors on a arrêté puis on est venu prendre un verre ici. De toute façon, je savais qu'il devait partir. Il ne rentre jamais très tard. Puis, je suis venue te rejoindre. Et toi?

— Pas grand chose. Je suis restée étendue un moment. Après, j'ai pris un bain, j'ai fait quelques appels, je me suis habillée et je suis descendue ici. Et tu es venue me rejoindre. Malheureux, quand même qu'il ait été obligé de partir. J'aurais bien recommencé, moi.

Elle gardait le silence.

— Et si on remontait juste toi et moi, demanda-t-elle enfin en m'observant.

— Oui, ce serait une idée. Et puis, tu goûtes tellement bon.

— On pourrait aller chez moi. Ça te changerait de l'hôtel. On se fait un petit repas et on verra après si on a envie de jouer.

— Je n'ai pas vraiment envie de conduire. D'ailleurs, c'est en partie à cause de la conduite qu'on s'est tous retrouvés dans ma chambre.

— Explique…

— Je revenais de chez un client et j'avais envie de me masturber. Une envie tellement forte que je ne pensais qu'à ça. Quand je suis arrivée dans ma chambre, j'étais tellement tendue que je n'ai pas pensé à verrouiller ma porte… Et je vous ai donné mon petit spectacle. Auquel j'ai bien apprécié ta participation, je te le jure!

— Tu m'en parles et ça m'excite. Alors, tu viens souper chez moi? Je te ramènerai…

J'hésitais, mais juste pour la forme.

— Allons-y, dis-je, en me levant après avoir signé ma facture.

Renée conduisait rapidement, sans hésitation. Il était évident qu'elle connaissait par cœur le chemin de sa résidence. J'étais un peu décontenancée par tous les détours mais je ne m'inquiétais pas puisque je n'aurais pas à chercher mon chemin. Heureusement, d'ailleurs, car je n'y serais jamais parvenue. La voiture s'arrêta enfin devant une immense demeure de style victorien.

— La maison t'appartient?

— Oui, c'était à mes grands-parents. Mais depuis qu'ils sont morts, je vis seule ici.

— Et tes parents?

— En Floride, comme tout le monde. Tu as envie de manger quelque chose en particulier?

— Toi!

Elle éclata de rire.

— Je me réserve pour le dessert, dit-elle en m'entraînant vers la demeure.

L'intérieur était somptueux. Un immense salon abritait un foyer d'une dimension telle qu'un homme pouvait presque y tenir debout. Devant, on avait placé des meubles de cuir dont la patine indiquait l'âge vénérable. Des tables de bois ouvrées témoignaient de la richesse des propriétaires alors que des toiles de maître ornaient les murs lambrissés.

J'avais été incapable de m'empêcher d'émettre un petit sifflement admiratif.

— C'est un vrai château, avais-je finalement laissé tomber.

— Oui, c'est beau. Mais on ne parlera pas des factures d'électricité. Pas très bien isolées, ces vieilles maisons. Tu veux boire quelque chose ?

— Je prendrais bien un verre de vin.

— Il y a quelques bouteilles, dans l'armoire, là... Tu te sers. Moi, je vais mettre quelque chose de plus pratique.

Elle avait traversé le salon quand elle s'arrêta subitement pour finalement se tourner et revenir sur ses pas, lentement.

— Mais j'y pense. Tu veux peut-être te mettre à l'aise aussi ?

— Pourquoi pas ? Tu peux me prêter une robe de chambre ? Ce sera plus pratique pour nos petits jeux après le souper, dis-je en souriant.

— Viens, j'ai ce qu'il te faut. Et ça te permettra de visiter, en même temps.

Elle m'entraînait vers un escalier monumental. Rendue à l'étage, Renée donnait des explications, tout en marchant, sur l'utilisation de chacune des pièces que nous croisions.

— Ma chambre est ici, dit-elle enfin. Et je vais te montrer pourquoi je tenais à ce que tu viennes faire un tour. Pour une voyageuse, tu n'es pas si mal équipée. Tu as quand même un vibrateur mais il n'y a rien qui vaut une maison pour y entasser tous ses gadgets. Va jeter un coup d'œil à l'armoire du fond.

La chambre était plus grande que celle que j'avais à l'hôtel. Elle devait faire le double. Un grand lit à baldaquins occupait le centre de la pièce et les lourds rideaux foncés qui s'y trouvaient, plongeaient la pièce dans une obscurité que ne perçaient que de petites lampes disséminées ici et là à travers la pièce.

Elle m'intriguait avec son armoire à gadgets et je m'y rendis directement pour en ouvrir les deux portes. D'un côté, il y avait une garde-robe avec des costumes de latex, de cuir, des chaussures à talons hauts, des cuissardes cloutées et différents fouets fixés à l'intérieur de la porte. De l'autre côté de l'armoire, il y avait la plus impressionnante panoplie de vibrateurs, masturbateurs et godemichés que j'ai vue dans ma vie. Il y en avait de toutes les tailles, certains à peine plus gros que mon index et d'autres capables de donner des complexes à une matraque.

— Hé bien! On ne s'ennuiera pas, fis-je un peu songeuse quant à l'utilisation possible de tous ces engins.

— Non, on ne s'ennuiera pas. Tiens, voici une robe de chambre.

Renée avait lancé son chemisier et son pantalon sur une chaise et se défaisait de son soutien-gorge, de son collant et de sa culotte.

— Il me semble que tu les as enlevés souvent, aujourd'hui.

Elle éclata de rire. En me regardant retirer mon gilet.

— Toi aussi, tu les as enlevés souvent.

Nue, elle s'approcha et passa derrière moi pour dégrafer mon soutien-gorge et passer ses mains sous les bonnets pour me prendre les seins dans chacune de ses mains en se collant contre mon dos. Je sentais ses gros seins s'écraser contre moi, chauds et agréables. Ses mains abandonnèrent mes seins et vinrent s'attaquer à ma ceinture qu'elle défit rapidement avant de baisser mon pantalon en même temps que ma culotte.

Elle avait suivi la chute des vêtements et ses lèvres glissaient sur mes fesses.

Aucun doute, c'était une demande et comme j'avais très envie de ses lèvres entre mes cuisses, je me suis pliée en deux, pour m'appuyer des deux bras repliés sous moi, sur une petite table qui se trouvait à proximité. Les jambes droites, elle avait mes hanches à portée de lèvres, mon sexe déjà humide attendant ses baisers.

Elle ne me fit pas attendre et se mit à genoux derrière moi, plongeant son nez et sa bouche entre mes cuisses pour laisser courir sa langue entre mes lèvres en une caresse si douce que j'ai commencé à sentir mon ventre se nouer immédiatement. Je la sentis qui glissait son doigt pour rejoindre mon clitoris tout en continuant à me lécher. Pour lui faciliter l'accès, j'écartai les jambes, m'assurant du même coup un plus grand confort.

Renée glissa un doigt dans ma fente complètement mouillée. J'en sentis un deuxième venir le rejoindre et en courbant l'extrémité d'un de ses doigts dans mon ventre, elle atteignit un point qui me fait perdre la tête en deux minutes quand on sait comment s'y prendre. Renée, justement, savait comment s'y prendre et après avoir senti une vague déferlée en moi, j'espérais qu'elle maintienne le rythme pour me transformer en un véritable chiffon.

Elle y réussit et même très bien. Les premières secousses furent préventives. Il y eut tout d'abord des frissons suivis d'une espèce de vague qui effectuait des aller-retours assez effrayants dans mon ventre. Puis, de nouveau des frissons. Mes muscles se tendaient à se rompre et j'avais l'impression de gonfler de l'intérieur. Une chaleur forte et liquide se propageait en moi et me coupait le souffle. Puis, une espèce de voile monta devant mes yeux pendant que je perdais un peu le sens des réalités, submergée par la jouissance qui me forçait à implorer Renée de poursuivre sans se préoccuper de mes protestations. Finalement, une vague d'une telle intensité survint que mes genoux ont plié et que je me suis laissée glisser à quatre pattes sur le plancher, en donnant de furieux coup de hanche contre la main de Renée que je refusais de libérer.

Je l'entendis enfin sortir sa main de mon vagin avec un fort bruit d'eau qui s'écoule et cette libération ne me laissa que le souvenir d'un liquide chaud coulant sur mes cuisses. La bouche ouverte, à quatre pattes, les seins pendants, je tremblais de tous mes membres quand quelque chose se fraya un chemin entre mes cuisses. La sensation était saisissante tellement c'était énorme. C'était tellement gros que ça m'a forcée à mettre les épaules au sol, en gardant mes fesses relevées, pour permettre le passage.

Une nouvelle implosion se produisit dans mon ventre et j'ai cru perdre conscience tellement ce que je ressentais me pâmait. Cette énorme chose bougeait dans mon ventre, ne laissant place à quelque vide que ce soit. Il me semblait que j'avais le vagin complètement dilaté et tout le jus de ma jouissance parvenait à peine à le lubrifier au cours de ses va-et-vient.

Mes tremblements se calmaient et je me remis sur mes bras pour tenter de voir ce qui se passait derrière moi. Du coin de l'œil, j'ai aperçu Renée qui se tenait derrière moi. Son bras disparaissait dans mon ventre. Elle avait réussi à entrer toute la main et une partie de son avant-bras entre mes cuisses et c'était ce qui m'avait provoqué une telle décharge d'une telle puissance. Vaincue, morte, je me laissée glisser au sol pour m'étendre en sentant que son bras fuyait doucement mon vagin. Quand son poing fut presque sorti, mes lèvres se refermèrent sur elles-mêmes avec un bruit de succion sonore.

Pour la deuxième fois aujourd'hui, je me retrouvais étendue sur un plancher, les jambes écartées, frémissante et fébrile, à laisser la jouissance et le plaisir s'échapper tout doucement de mes cuisses.

Action !

Ce matin-là j'avais une audition à passer pour obtenir un rôle dans une pièce de théâtre. J'étais fébrile comme chaque fois que j'ai à mettre à l'épreuve mes talents de comédienne.

Je suis arrivée à l'endroit prévu bien à l'avance, préférant attendre et mieux maîtriser mon trac sur place plutôt que d'être à la course et ne pas avoir suffisamment de temps pour canaliser ce mal «nécessaire». À mon arrivée, j'ai été surprise de constater que j'étais seule. Je savais que mon audition avait été fixée tôt et que je devais être la première à passer. J'étais là à attendre lorsqu'une porte dans le couloir s'est ouverte, laissant apparaître un homme d'environ quarante ans qui avait une gueule d'enfer.

Il s'est dirigé vers moi, m'a demandé mon nom et m'a ensuite demandé si je venais pour l'audition. Après lui avoir répondu, il m'offrit de faire avec lui une «pré» audition, même si les autres membres du jury de sélection n'étaient pas encore arrivés.

J'ai eu un petit moment d'hésitation, n'étant pas trop certaine de la procédure d'autant plus que cela me semblait inhabituel. Mais il était mignon, je devais l'avouer. L'idée d'un entretien privé avec lui était plutôt tentant. Une fois dans la pièce, il s'est dirigé vers une table afin d'aller chercher les copies de scénario puis est revenu vers moi m'indiquer les répliques que je devais interpréter. Je ne sais pas s'il a intentionnellement choisi ces répliques ou si c'était celles qui avaient été choisies par le comité mais il m'a désigné une scène où il y avait un moment intime à interpréter avec un interprète masculin... Un rôle qui serait, pour la circonstance, joué par lui. J'ai pris quelques minutes pour m'imprégner de mon texte, j'ai pris une grande respiration pour chasser mon trac et me suis lancée dans mon interprétation.

Plus approchait la scène où je devais embrasser l'autre acteur, plus j'étais nerveuse même si j'étais bien décidée à jouer le jeu jusqu'au bout, voulant être la plus convaincante possible. Au moment fatidique, je me suis approchée de l'homme, tendant ma bouche pour l'embrasser... Il n'avait pas l'air surpris par mon geste, ce qui m'a fait dire que ce devait être ce qu'il souhaitait. Ma bouche soudée à la sienne, j'ai senti sa langue cherchant à rencontrer la mienne. Je savais, à ce moment, qu'il n'était plus question de répétition, qu'il ne s'agissait plus de la scène ni du travail de deux acteurs mais bien d'un moment réel, avec deux personnes réelles.

Envoûtée par son charisme et par la douceur de son baiser, je n'ai pas cherché à échapper à cette étreinte, bien au contraire.

Debout au milieu de la pièce, nous étions là à goûter mutuellement nos lèvres, nos langues et, petit à petit, le baiser de cinéma se transformait en baiser fougueux, signe de notre emportement.

Je sentais ses mains caresser mon corps, cherchant la parcelle de peau qu'il pourrait toucher, tentant de me débarrasser des vêtements qui le gênaient. En très peu de temps, je me suis retrouvée complètement nue dans cette salle d'audition. Étrange comment tout peut basculer en quelques secondes. Me voir nue mais affublée de mes bottes devait l'exciter puisqu'il n'a pas cherché à m'en départir. Il m'a amenée avec lui vers le sofa où il m'a invitée à m'installer confortablement, pendait qu'il se dévêtait pour m'offrir un corps superbe, bronzé, musclé et pourvu d'un sexe très attirant !

Avant même qu'il n'ait eu le temps de me caresser, je l'ai forcé à s'asseoir sur le sofa et j'ai empoigné son membre et de ma langue, j'ai taquiné sa grosse lance de la base jusqu'à son sommet juste avant de l'enfourner de nouveau dans ma bouche. Pendant que je serrais fermement son membre de la main, ma bouche s'activait sur le gland de façon frénétique ce qui semblait l'exciter au plus haut point puisque d'un mouvement du bassin, il combinait ses gestes aux miens de manière à augmenter son excitation. Je pressentais qu'il n'était pas bien loin de la jouissance puisque ses râlements se faisaient de plus en plus soutenus et nombreux. Il devait désirer étirer le plaisir puisque avant d'exploser, il s'est arraché à mon emprise et m'a à nouveau invitée à m'installer sur le divan. Il s'est approché de moi, m'a glissé un baiser furtif juste avant d'entreprendre une descente vers mon sexe !

Je sentais sa langue glisser sur ma peau, s'arrêtant au passage à ma poitrine bien ferme. Il empoignait mes seins pour les plaquer l'un contre l'autre afin de mieux goûter les deux à la fois. Mes mamelons réagissaient rapidement à sa langue douce, chaude et terriblement excitante ! Il a continué sa descente pour arriver à ma toison déjà toute humide. Il embrassait ma vulve sans pour autant s'y attarder, de sorte qu'à chaque nouveau baiser, j'avais l'impression de recevoir une décharge de plaisir intense. Puis doucement, il a glissé sa langue entre mes lèvres, remontant du bas vers le haut jusqu'à mon clitoris déjà rouge d'excitation. Sa langue experte a mis peu de temps à me procurer un orgasme des plus délicieux !

J'avais tellement envie de sentir son sexe dans mon ventre que j'ai moi-même dirigé mon partenaire pour lui faire prendre une position qui me permettrait de le sentir pleinement.

Je me suis relevée, et tout en m'appuyant sur le bord du sofa, j'ai écarté mes jambes afin qu'il ait une belle vue sur mes fesses et je l'ai invité à me prendre par derrière. J'attendais, avidement, de bien sentir son membre dont la dimension, je le savais, ferait pour beaucoup pour mon plaisir. Lorsque j'ai senti son gland à l'entrée de mon antre, j'ai voulu m'occuper de tout et j'ai ramené mes fesses vers lui afin de bien sentir sa verge me pénétrer. Tout doucement, je la faisais glisser dans mon sexe mouillé pour ensuite la faire ressortir complètement… et la réintroduire rapidement, d'un seul coup ! Dément ce que c'était bon !

De mouvements plus doux, ma cadence s'est activée jusqu'à devenir quasi animale. Ses mouvements de bassins mêlés à mes mouvements de va-et-vient rendaient notre chevauchée pratiquement infernale. J'entendais les râles qu'il n'arrivait plus à contrôler et cela contribuait à mon plaisir qui devenait lui-même impossible à réprimer. J'allais exploser tellement mon orgasme était imminent ! Il m'a empoignée par la taille pour les ultimes secousses et dans un cri de jouissance, j'ai vécu un moment orgasmique d'une rare intensité ! Avant qu'il n'explose à son tour, je me suis agenouillée devant lui et je lui ai tendu ma langue, prête à recevoir son liquide brûlant. Alors qu'il hurlait sa jouissance à son tour, je recueillais son sperme qui giclait par saccades brèves et fortes. Lorsque son explosion s'est calmée, je l'ai caressé de mes lèvres, lentement, très lentement.

Mon amant m'a invité à me relever et m'a gratifié d'un doux baiser avant de me dire que nous devrions vite nous rhabiller puisque les autres membres du jury de sélection n'allaient pas tarder à arriver.

Je me suis habillée et me suis dirigée vers la salle de bain question de me refaire une beauté avant l'arrivée des autres membres. À mon retour, ils étaient déjà tous là et m'invitaient à me produire pour mon audition avec une réplique différente de celle qu'il m'avait proposée.

Je suis repartie satisfaite de mon audition et enchantée du moment que je venais de vivre.

Deux semaines plus tard, j'ai appris que j'avais obtenu le rôle et le même jour, j'ai reçu une gerbe de fleurs accompagnée d'un petit mot de l'homme qui m'avait «pré auditionnée». Il m'écrivait que j'avais eu ce rôle grâce à mon talent de comédienne et pas à cause de ce qui s'était produit entre nous. Le jury, insistait-il, avait été unanime quant à mon choix. Il disait aussi vouloir me revoir afin de pouvoir à nouveau profiter personnellement... de mes autres talents!

Notre relation a débuté de cette étrange façon. Depuis, nous formons un couple heureux et très comblé, côté sexe. Parfois, la fiction peut nous emmener à de bien agréables réalités...

Fantasme

Ce n'était vraiment pas possible. À vingt-cinq ans, subir une baisse de libido devait fatalement indiquer que quelque chose n'allait pas.

Pourtant, j'avais tout pour être satisfaite. J'étais une jolie femme, en couple avec un homme merveilleux qui, en plus, parvenait à me rendre heureuse, même au lit. Malgré tout, je me sentais morose et je manquais particulièrement d'entrain, surtout au lit où, d'habitude, je ne donnais ma place. Sauf que ces temps-ci, je vivais un désintéressement presque total de la «chose», ce qui commençait à tracasser passablement mon amant.

Il pouvait lire en moi comme dans un livre. Il me connaissait depuis si longtemps! Depuis l'enfance, en fait, puisque nous avions pratiquement grandi ensemble. Amis à l'enfance, notre relation a évolué à l'adolescence et est devenue plus intime, tellement qu'il n'y avait plus que Sébastien pour moi.

Les autres garçons étaient sans intérêt. Pas parce qu'ils n'étaient pas beaux mais juste parce que moi, je vivais au rythme de Sébastien. On avait atteint, tous les deux, une forme de fusion et on ne parvenait à être bien que si l'on savait que l'autre était bien. C'est peut-être ça qu'on appelle l'intimité.

Ce qui ne réglait en rien ma panne de désir pour lui, panne que j'étais bien incapable d'expliquer, parce que je ne parvenais pas à définir ce qui se passait, d'autant plus que je n'avais aucune raison de me plaindre. Sébastien est bel homme, je le voyais constamment dans les yeux des femmes. Quand elles le regardaient, c'était avec envie et quand elles me regardaient, c'était avec jalousie. Malgré cela, je n'avais aucune raison de m'inquiéter puisque lui n'avait d'yeux que pour moi et, en plus, il me faisait l'amour comme un dieu.

La seule chose qui m'embêtait, et c'était peut-être là la clé de tous mes problèmes, c'était que lorsque je songeais à nos jeux amoureux, je voyais depuis quelques temps apparaître l'ombre d'un autre homme dans notre décor. Je n'avais pourtant aucune envie d'aller voir ailleurs, je l'aimais trop pour ça et il avait toujours fait partie de tous mes fantasmes. Mais, quand il m'avait demandé ce qui se passait, j'avais hésité avant de répondre de peur de lui blesser.

Je m'étais inquiétée pour rien. Il m'avait écouté sans broncher, attentif à mes paroles, à mes interrogations. Après avoir réfléchi une minute ou deux, il s'était décidé à plonger.

— Est-ce que tu as déjà songé à faire l'amour avec deux hommes ? m'avait-il simplement demandé.

— Ça m'est arrivé, avais-je admis honnêtement et en souhaitant qu'il change de sujet.

— Tu sais… on se connaît depuis toujours. Tu me connais par cœur et tu n'as pas connu qui que ce soit d'autre. Il n'y a rien de surprenant à ce que ce fantasme surgisse.

— Et toi ? Tu as déjà songé à faire l'amour à deux femmes en même temps.

— Pas encore mais ça ne m'étonnerait pas que ça arrive un jour. Je parle du fantasme. Écoute, je songe à quelque chose. Si ça te plaît, il y a un petit jeu que j'ai en tête qui pourrait peut-être t'aider à faire le point. Au moins tu sauras si ça te tente vraiment de pousser l'expérience plus loin et connaître deux hommes en même temps.

Il m'avait sérieusement intriguée et c'était suffisant pour que j'accepte sa proposition. Peu importe le résultat, au moins, on aurait joué et on aurait eu du plaisir. Je ne m'attendais pas à ce qu'il mette son plan en action immédiatement après notre conversation. Il me connaissait trop bien pour savoir que je préfère la spontanéité aux événements préparés à l'avance qui ne laissent aucune place à la surprise et à l'initiative.

Quand il est revenu avec un sac d'une boutique érotique, j'ai cependant voulu savoir tout de suite, ce qu'il avait acheté. Avec tout le sérieux dont il était capable de faire preuve, il m'avait formellement interdit de toucher et de regarder dans ce sac, une véritable torture pour une femme. Je savais qu'il l'avait caché quelque part et, bien sûr, j'avais tenté de le trouver mais j'avais échoué ce qui avait exigé que je déploie des ruses de Sioux pour tenter de lui faire dire où il l'avait mis.

Le soir, alors que j'écoutais la télévision, Sébastien, qui sortait de la douche, est venu me retrouver et alors qu'il était penché sur moi, m'a glissé à l'oreille : «Maintenant, ça te dit de jouer ? ». Je me suis retournée vers lui et l'ai gratifié d'un sourire enjoué en guise de réponse. Enfin j'allais savoir à quoi on allait jouer !

Il était venu me rejoindre sur le sofa pour me dire ce à quoi il avait pensé. Il me proposait que l'on fasse l'amour ensemble lui et moi tout en imaginant qu'il y avait un autre homme avec nous. Il me laissait libre d'imaginer l'autre homme à ma guise, lui se chargeant de me faire sentir que «l'autre» y serait. Il souhaitait aussi que je garde les yeux fermés tout au long de notre petit jeu, afin que je puisse être à même d'imaginer la troisième personne et de goûter aux moments intenses qu'il entendait me faire vivre.

Je ne comprenais pas tout à fait où il voulait en venir mais j'étais prête à jouer le jeu. Sébastien me savait très ouverte sexuellement mais il m'avait quand même demandé si j'étais vraiment prête à me soumettre à ce jeu. Je l'étais cer-tainement, à tel point que ma culotte était déjà toute mouillée !

Satisfait de mon enthousiasme, il m'avait regardée, m'avait glissé un doux baiser et de sa main, m'avait fermé les yeux m'indiquant ainsi que le jeu venait de commencer!

Je sentais son souffle se rapprocher de mon visage. C'était fou de voir qu'il en fallait si peu pour m'allumer! Sa langue léchait mes lèvres à la recherche de ma langue.

J'avais répondu sensuellement à son baiser mais il s'était vite éloigné et, malgré ma curiosité, j'avais réussi à garder les yeux fermés. Tous mes autres sens en alerte, j'ai entendu Sébastien revenir auprès de moi et j'ai failli ouvrir les yeux de surprise quand une matière plastique s'est collée doucement contre mes lèvres. Ignorant sur le coup ce que je devais faire, j'ai ouvert la bouche pour sentir l'objet s'y enfoncer lentement.

Plus j'ouvrais la bouche, plus je réalisais ce qu'était ce truc. J'étais abasourdie, en reconnaissant le gland d'un semblant de pénis, de constater que Sébastien me faisait lécher un godemiché.

Plus curieuse que choquée, je me suis prêtée au jeu, allumée parce que c'était Sébastien qui menait la partie et que, me retirant l'objet des lèvres, il me demandait de m'en servir pour me faire plaisir en faisant un effort pour m'imaginer que c'était le sexe d'un véritable partenaire. Il avait à peine édicté ces règles que je sentais sa langue qui entourait une de mes aréoles et qu'il me donnait des frissons intenses.

Pendant que mes lèvres s'activaient sur le godemiché, je suivais la course de la bouche de Sébastien qui avait maintenant atteint mon ventre et continuait sa descente jusqu'à ma toison. Il écarta doucement mes jambes et je sentis sa bouche chaude et humide envelopper mon sexe et me procurer une sensation de bien-être que je n'avais connue qu'avec lui.

Sa langue s'était frayée un chemin jusqu'à mon clitoris et chaque passage me faisait sursauter. Tout en continuant à mimer une fellation, j'ai rabattu une de mes mains entre mes cuisses pour ouvrir mes lèvres tout en écartant les jambes pour l'aider à me faire jouir.

Après quelques passages de sa langue sur le clitoris, j'étais prête à mordre dans le godemiché tant j'avais de la difficulté à me contrôler. Lasse de refouler les vagues de chaleur qui montaient en moi, je me suis laissée aller à mon plaisir, pleurant presque, appréciant chaque tremblement, chaque frisson que ses caresses me donnaient.

Haletante et frémissante, les yeux toujours fermés, la main de Sébastien s'est posée sur le mienne pour m'enlever le godemiché et m'offrir, à la place, le sexe vivant et vigoureux de mon amoureux.

J'ai empoigné son membre bien érigé et je l'ai léché de la base jusqu'à son sommet très doucement, très langoureusement pour ensuite le mettre d'une traite dans ma bouche jusqu'à ce qu'il se rende au fond de ma gorge. Sébastien n'a pu retenir un gémissement. Avec un va-et-vient rythmé où ma langue s'entortillait à son gland bien gonflé et où je le suçais à une cadence folle, il était mon prisonnier, ma proie et je voulais l'entendre partager son plaisir! J'adorais l'entendre gémir sous mes caresses.

Juste de sentir le plaisir que je lui faisais vivre m'excitait au point où je n'avais plus aucune retenue. J'avais tellement envie d'être pénétrée et, en même temps, j'avais tellement envie de continuer à goûter le sexe de mon homme. Qu'à cela ne tienne, j'avais le godemiché, mon «homme imaginaire», et il devrait me faire plaisir lui aussi!

Aidée de ma main et de mon imagination des plus fertiles, j'ai laissé l' «homme imaginaire», que je manipulais à ma guise, me pénétrer et m'imposer des mouvements de va-et-vient de manière presque bestiale. Sébastien allait jouir, juste de constater à quel point je me faisais plaisir sans pour autant le négliger. Avant d'éclater, il m'avait implorée d'arrêter, sachant qu'il ne résisterait pas très longtemps. Ce n'était pas ce qu'il avait l'intention de me faire vivre tout de suite!

S'arrachant à mon emprise, il m'a aussi départi de mon «homme imaginaire» en me disant qu'il me l'empruntait momentanément, qu'il en avait besoin.

J'étais folle de curiosité et j'aurais tellement aimé ouvrir les yeux mais j'avais promis. Trop pressée pour attendre son retour, j'ai dirigé mes mains entre mes jambes, pour maintenir la tension qu'il avait si bien su créer. J'étais à me masturber quand j'ai senti la verge de Sébastien se joindre à mes doigts. Je lui ai immédiatement laissé le champ libre pour mon plus grand plaisir. Tout doucement, il a glissé sa queue à l'intérieur de moi afin de bien me la faire sentir. Tout doucement, le temps de bien voir sur mon visage tout le plaisir que ça me procurait. Doucement et ensuite plus rapidement… puis, finalement, sauvagement. La sensation qu'il me faisait vivre était divine. Mais Sébastien ne souhaitait pas en rester là dans mon ascension vers le plaisir et ça je l'ai vite su.

Pendant que Sébastien me poussait au bord du gouffre avec son sexe dans mon ventre, « Monsieur Imaginaire » se frayait un chemin entre mes fesses ! J'allais être prise en double pénétration, ce qui était bien au-delà de mes espérances, même si j'étais lubrifiée de partout. Pendant que Sébas me pénétrait tout doucement tout en m'écartant les fesses, « Monsieur Imaginaire », lui s'enfonçait littéralement entre mes fesses, me coupant presque le souffle tellement je ne m'attendais pas à connaître une telle volupté.

La sensation de ces deux queues qui alternaient leur va-et-vient en parfaite synchronisation était absolument enivrante ! Plus le plaisir me gagnait moins je parvenais à maintenir l'attention que je portais à mes mamelons. Je n'avais plus qu'une envie, goûter l'orgasme qui me gagnait de manière si vive ! J'étais littéralement parcourue de vagues de plaisir, j'en avais du mal à reprendre mon souffle tellement c'était dément ! Et j'ai joui ! Encore et encore ! J'en pleurais presque tellement c'était bon !

Sébas et Monsieur Imaginaire se sont retirés. Il ne restait maintenant plus que Sébas et moi, affalés sur le sofa. Repus de tant de plaisir.

C'est là qu'il m'a demandé si, après avoir vécu ce moment, je souhaitais le revivre avec un deuxième homme, réel cette fois.

Ce que je venais de vivre était tellement bon que j'étais partagée. Le vivre avec Sébastien et un autre homme pourrait sans l'ombre d'un doute être bon mais en même temps, ce qu'on venait de vivre ensemble l'était tout autant. Je ne savais quoi répondre mais, au moins, j'avais chassé ma panne de désir.

Jeu de cache-cache charnel

En couple depuis deux ans avec Samuel, il nous arrive de vivre un peu de routine dans notre relation... mais toujours, il a su y remédier. Toujours plein de petites attentions, ce soir-là, il a mis le paquet pour faire jaillir à nouveau l'éclat de notre amour. Je vous raconte comment il s'y est pris.

Peu après l'heure du lunch, un courrier de Fedex était venu me porter une lettre à la boutique, à ma grande surprise.

N'étant que vendeuse dans une boutique de fine lingerie, je ne comprenais pas pourquoi j'y recevais ce genre de courrier. La curiosité me tenaillait et j'avais presque envie de larguer ma cliente illico tellement je me questionnais sur le contenu de cette missive. J'ai sauté sur l'enveloppe avant même que la cliente ne franchisse la porte de sortie.

« Gente Demoiselle, vous êtes invitée à venir partager avec moi un moment magique et inoubliable, ce soir à vingt-et-une heure. Dès votre arrivée, il vous sera demandé de m'aviser de votre présence au moyen de deux sonneries de carillon et un coup frappé à la porte. Dans le hall d'entrée, vous trouverez d'autres instructions, jouez le jeu pour plus de plaisir. Au menu de cette soirée : magie, plaisir et surprise. Vous trouverez l'adresse au bas de cette invitation. Au bonheur de vous y retrouver ce soir. Votre amour... Samuel ».

J'avais littéralement la tête dans les nuages après pareille invitation ! J'anticipais cette soirée avec plaisir. Sam avait tellement bien orchestré cette mise en scène que ce ne pouvait qu'être mémorable. Des scénarios, tous plus fous les uns que les autres, se sont bousculés dans ma tête, m'empêchant de me concentrer, à un point tel que j'ai feint un malaise quelconque et demandé à ma patronne de pouvoir prendre mon après-midi de congé... au moins, je pourrais trépigner d'impatience en m'occupant à me faire belle !

L'heure du rendez-vous était finalement arrivée. J'ai sauté dans la voiture et me suis mise en quête du lieu de notre rencontre. Je n'en croyais pas mes yeux lorsque je suis arrivée en face de la maison ! C'était pratiquement un château ! Une immense maison cossue se dressait devant moi prête à m'accueillir pour mon conte d'une nuit !

Arrivée à la porte, j'ai sonné deux petits coups et frappé un coup bref à la porte. Une voix a retenti de l'intérieur, m'invitant à entrer. Dans le hall, une chandelle sur laquelle était appuyée un petit mot a attiré mon attention.

C'était une véritable chasse au trésor à laquelle j'étais conviée. On me fournissait des indices et on m'invitait à trouver mon butin. Après m'être débarrassée de mon manteau, je me suis mise en quête de trouver mon beau Sam, mon trésor !

La maison, plongée dans la pénombre, n'était éclairée qu'à la chandelle, ce qui lui donnait un petit air mystérieux et tellement excitant. Je parcourais le chemin et repérais les indices, jusqu'à ce que je me rende compte que j'étais revenue à mon point de départ, dans le hall, devant le grand escalier. Mais quelque chose avait changé. Un chemin de roses et de chandelles m'indiquait qu'il me fallait emprunter l'escalier.

Je touchais au but, j'avais regardé partout sauf à l'étage et c'est là que devait se trouver la surprise.

Grimpant les marches une à une pour mieux savourer l'instant, je fabulais sur les moments qui m'attendaient. Je n'avais pas mis la main encore sur mon butin que je sentais mon sexe inonder ma petite culotte. Ce jeu de cache-cache m'allumait au plus haut point ! Au tournant de l'escalier, j'ai aperçu Sam qui m'attendait, assis sur la première marche du haut. Sourire en coin, verre de vin à la main, il m'attendait avec son petit air coquin. Il était tellement beau dans cet éclairage oscillant, dans ce fantasme qu'il me faisait vivre.

Il m'a prise dans ses bras et m'a donné un baiser envoûtant pour me souhaiter la bienvenue dans son rêve. Entre deux baisers, il me disait que j'aurais droit à une surprise, très bientôt.

Curieuse comme je suis, je n'ai pu m'empêcher de lui demander s'il pouvait au moins me fournir un indice. Il m'avait simplement répondu que c'était lié à un autre de mes fantasmes. Restait à savoir lequel, tellement j'en avais. Mais j'entendais profiter du moment présent, sur tout que Sam se faisait de plus en plus entreprenant et que moi j'étais de plus en plus excitée !

L'objectif de Sam se lisait dans ses yeux. Il voulait me prendre ici, au milieu de cet escalier ! Sans perdre de temps, il a enlevé mes vêtements, en embrassant au passage chaque parcelle de peau qu'il découvrait. Après m'avoir dénudée, il s'est déshabillé à son tour et m'a fait étendre dans l'escalier. Les jambes écartées et le sexe en émoi, il a appliqué sa langue sur ma vulve inondée de mon nectar. Je gloussais de plaisir à chaque coup de langue qu'il m'affligeait. Sa langue pénétrait entre mes petites lèvres et remontait agacer mon clitoris en me rendant folle d'excitation !

J'étais tellement absorbée par mon plaisir que je n'avais pas vu un autre homme descendre l'escalier, juste derrière moi. C'est en ouvrant les yeux entre deux soubresauts de plaisir que je l'ai aperçu qui se masturbait en me regardant me trémousser comme une chatte en chaleur. J'aurais dû sursauter à sa vue mais la jouissance me gagnait, les muscles de mon corps se contractant sous l'effet de l'orgasme imminent. Je tremblais tellement j'étais électrifiée par les décharges de plaisir et Sam s'occupait de les maintenir.

Un regard complice de Sam vers l'inconnu m'a rassurée sur sa présence. Ce devait être la «surprise». Je me rappelais maintenant que nous avions discuté, Samuel et moi, de ce que je souhaitais être prise par deux hommes. L'heure était aux fantasmes et il n'y avait aucun doute possible : j'allais en profiter pleinement !

Pendant que Sam se préparait à me chevaucher, l'autre s'est approché davantage de moi, mettant son sexe tendu à ma disposition. De ma langue, j'ai agacé son gland pour ensuite redescendre tout doucement vers la base de sa verge. En le léchant ainsi, j'ai ensuite remonté jusqu'au sommet pour ensuite enfourner sa bite d'un coup dans ma bouche. Tout en serrant fermement son membre de la main, je le suçais frénétiquement, ce qui semblait lui faire un plaisir fou, si je me fiais à ses râles persistants. J'aspirais et je léchais sa queue bien dure, malgré le mal que j'avais à me garder en bonne position, alors que le membre de Sam qui s'enfonçait au fond de mon ventre me faisait hurler de plaisir.

Ce manège à trois ne mit pas de temps à nous faire atteindre le point culminant du plaisir. Alors que Sam et l'autre grognaient encore de plaisir, j'étais gagnée par un orgasme fulgurant. Les mouvements saccadés de mon bassin, doublés des élans de passion de Sam, avaient eu raison de moi et m'avaient fait hurler de plaisir! Mes cris de jouissance, eux, avaient eu raison des deux hommes qui, sans perdre un instant, avaient approché leur queue gonflée à bloc de ma bouche. À leur tour, ils hurlaient leur jouissance et moi, je recueillais leur liquide chaud et doux.

C'était le préambule à une nuit mouvementée, excitante et inoubliable! Je ne me rappelle pas avoir autant baisé en si peu de temps. J'avais la chance d'avoir droit à du deux pour un. Insatiable comme je le suis, si l'un était vanné, je pouvais me fier sur l'autre... et vice-versa... ou encore mieux, les deux à la fois!

Cette nuit là, j'ai connu la double pénétration, la pénétration et le cunnilingus simultanés et tant de nouvelles positions à explorer encore et encore. Cette nuit-là, j'ai surtout compris que je pouvais toujours compter sur Sam, et que si la monotonie s'installait dans notre couple, il trouverait bien une solution pour faire durer notre amour... quitte pour cela à appeler du renfort!

Pique-nique grisant

Mes amies et moi, nous nous voyons très peu souvent. À cause des distances qui nous séparent, de nos horaires chargés, de nos vies personnelles trop bien remplies et des obligations de toutes sortes. Quand il nous arrive de réussir à nous réunir, les souvenirs de ces journées demeurent impérissables.

Depuis quelques semaines, France et Sylvie et moi avions prévu de passer une journée ensemble, de faire un pique-nique sur les berges d'un lac tranquille de mon patelin. Voyant le jour prévu arriver, je me croisais les doigts pour que la belle température soit de la partie, qu'on puisse profiter de la journée que j'avais planifiée.

On a été chanceuses. Le jour prévu, le soleil et la chaleur étaient au rendez-vous et la météo nous promettait une journée superbe. Il ne restait plus qu'à apporter au lac le nécessaire pour notre pique-nique.

Chemin faisant, conversations, fous rires et coups d'œil complices allaient bon train. Je sentais que nous allions passer un très beau moment.

Arrivées sur place, nous avons enlevé nos vêtements pour ne conserver que nos maillots de bain avant de nous installer confortablement pour le pique-nique. Vraiment tout s'annonçait bien : personne d'autre que nous à l'horizon, douce chaleur, l'odeur de l'huile solaire sur nos corps luisants et le vin, qu'on avait commencé à boire, qui nous débarrassait une à une de nos inhibitions.

Le vin et le soleil sont parfois de prodigieux alliés mais ils peuvent aussi jouer des tours et ce jour-là, nos regards se croisaient étrangement.

Je n'ai jamais su si c'était le vin qui avait déclenché le scénario que j'avais imaginé pour ce pique-nique ou si, tout simplement, France en avait envie autant que moi, mais tout s'est passé avec un tel enchaînement que j'ai presque cru qu'on en avait déjà discuté quand elle s'est emparée d'une mangue et s'est mise à la couper avant de se rapprocher de Sylvie et de tendre le fruit vers elle.

En pressant tout doucement la mangue, le jus qui en coulait s'est mis à dégouliner dans son cou et France s'est empressée de lécher le liquide qui perlait sur la peau de Sylvie. Elle a croqué un morceau de la mangue afin de s'imprégner la langue du goût du fruit et est allée attaquer la bouche de Sylvie tout en me tendant la mangue. Alors qu'elle l'embrassait goulûment, je débarrassais Sylvie de son maillot pour profiter de ses formes désirables.

Après, j'avais poursuivi le manège qu'avait entrepris France avec la mangue. J'avais pressé le fruit pour en extraire le jus et le laisser couler sur la peau de Sylvie, gavée de soleil et aussi de désir.

Pendant que France embrassait toujours Sylvie à pleine bouche, moi, je m'attaquais à sa voluptueuse poitrine.

Ma langue suivait le chemin emprunté par le liquide. Malgré la chaleur, je pouvais percevoir les frissons sur sa peau. Je léchais, je suçais, je mordillais les mamelons de sa poitrine ferme tout en me caressant le sexe. Au moment où je descendais vers le bas de son corps, suivant l'itinéraire du jus de mangue, j'ai vu France s'enduire la vulve de la crème des pâtisseries et offrir son clitoris « crémeux » en dessert à Sylvie alors qu'elle caressait sa menue poitrine.

Avec comme bruit de fond, le chant des oiseaux, le bruissement des feuilles dans les arbres, le clapotis de l'eau sur la berge et les gémissements de plaisir de France qui se faisait entreprendre par Sylvie, j'ai poursuivi mon chemin sur les traces humides de la mangue vers le sexe de Sylvie que j'espérais très humide aussi. Je la léchais avec avidité autant par désir que pour le goût de la mangue. Ce petit jeu l'avait allumée puisque son bassin qui se trémoussait trahissait l'envie qu'elle avait de sentir des lèvres et une langue sur son sexe.

Pour l'émoustiller encore plus, je m'amusais à passer un coup de langue furtif, de temps en temps, sur son clitoris entre quelques baisers entre ses cuisses. À l'instant où j'allais la soulager et lui faire plaisir, j'ai repris la mangue que j'ai pressée de nouveau pour laisser couler du jus sur son clitoris. Le goût du fruit entre ses jambes m'a complètement allumée et j'étais incapable de me contenir, son sexe m'appelant sans que je sois capable de résister. Je léchais son sexe abondamment, taquinant parfois son clitoris ou pénétrant son vagin de ma langue.

Alors qu'elle se débattait pour échapper à ces caresses, j'allais et venais de façon si frénétique que sa résistance a lâché et que Sylvie a cédé à un orgasme qui, contrairement au vin, n'était pas contrôlé. Je recueillais le nectar qui coulait de son sexe lorsque j'ai entendu France qui, à son tour, atteignait le Nirvana. Ses gémissements soutenus en disaient long sur la gâterie qu'elle venait de se faire servir.

Après leur avoir concédé un moment de repos, j'ai vu France s'approcher de moi, tenant entre ses dents un morceau de chocolat et m'invitant à un délicieux baiser chocolaté. Alors que nos deux langues s'entremêlaient et que nous nous goûtions mutuellement, j'ai senti un liquide éclabousser mon ventre, mes seins, mon sexe, pour ensuite percevoir le souffle léger de Sylvie qui s'approchait de moi prête à me caresser de sa bouche.

Sans que je puisse prévoir les gestes de Sylvie parce que France me cachait la vue, je sentais son souffle remonter vers ma poitrine. Ici et là, elle plaçait un coup de langue léger qui ne faisait qu'augmenter à chaque fois mon désir.

Sylvie savait bien m'agacer et je ne sentais plus son souffle ni sa langue depuis quelques secondes quand elle m'a fait frémir de surprise en happant ma grosse poitrine de ses mains et sa bouche. Ce qu'elle suçait bien! Un à un, ou mes deux mamelons joints ensemble, elle léchait en experte. Sentir leurs deux bouches sur moi m'avait allumée de nouveau! Mon sexe était littéralement inondé.

France voulait aller plus loin et décidait de laisser Sylvie poursuivre son petit jeu.

Plaçant sa vulve contre la mienne, France s'était rapprochée et se frottait comme une chatte contre mon clitoris en feu, nos deux lubrifiants facilitant si bien nos mouvements de bassin qu'il s'en fallut de peu pour que j'atteigne l'orgasme immédiatement.

Sylvie, quant à elle, avait pris l'initiative de joindre sa bouche à nos deux sexes soudés l'un à l'autre. Coups de langue ici et là, tantôt sur mon clitoris, tantôt sur celui de France. Ces frottements, cette langue, nos clitoris qui se touchaient fermement, cette langue encore qui nous léchait bien... C'était tellement bon que j'en perdais pratiquement le nord !

Voyant toutes les deux que je frôlais un orgasme fou, France est venue à ma tête et m'a offert son sexe pour une position du « 69 » endiablée. Quand j'ai commencé à la lécher, j'ai senti un de ses doigts qui s'introduisait dans mon antre... puis deux doigts... puis la langue avide de Sylvie qui se plaquait contre mes petites lèvres, contre mon clitoris et qui me léchait, me mangeait goulûment... puis un autre des doigts de France qui cherchait un passage dans mon anus. À ce moment, l'image de ces deux déesses blondes qui s'acharnaient si délicieusement sur moi, le plaisir qu'elles me procuraient toutes les deux était si intense, si bon que j'en avais du mal à me concentrer sur le clitoris de France qui, heureusement, ne semblait pas s'en formaliser outre mesure puisque son but semblait carrément de me faire prendre mon pied.

Je les sentais bien toutes les deux, en train de labourer l'intérieur de mon vagin, de mes fesses, de lécher chaque parcelle de mon sexe, de mon clitoris. J'étais allumée comme une véritable bombe à retardement, prête à exploser. Elles s'entêtaient et s'acharnaient et en un cri de jouissance, j'ai atteint l'orgasme, une jouissance sans retenue, impossible à réprimer ni même à contrôler tellement ce qu'elles venaient toutes les deux de me faire avait été délicieux.

Toutes les trois repues de sexe, nous nous sommes étendues sur la couverture quelques instants, le temps de reprendre nos esprits. France s'est ensuite levée et a pris la direction du lac en courant, nous invitant à se joindre à elle. Encore une fois, les fous rires ont repris alors que nous faisions toutes les trois la course jusqu'au lac.

C'est vrai que je ne vois pas souvent ces amies mais, il n'en demeure pas moins qu'elles sont quand même très importantes pour moi. Avec elles, la complicité, le plaisir, les affinités sont toujours aussi présentes qu'à notre première rencontre. C'est toujours un plaisir de les revoir...

Glissant quand c'est mouillé

Prises d'une soif d'aventure, moi et Natacha avions convenu de prendre une année sabbatique pour faire, baluchon à l'épaule, le tour de l'Europe.

Rendues sur place, nos modestes moyens financiers étaient mis à rude épreuve et nous nous organisions avec les moyens du bord pour gagner le peu d'argent dont nous avions besoin afin de vivre décemment.

Le cours de poterie, que j'avais pris quelques années plus tôt, s'avérait très utile.

Lors d'une de nos haltes, nous avons monté la tente et pendant que Natacha faisait le lavage et préparait le souper, j'ai sorti tout le matériel dont j'avais besoin pour commencer à modeler quelques urnes, que nous pourrions vendre au prochain marché que nous rencontrerions en chemin.

Il faisait terriblement chaud ce jour-là et j'étais pratiquement nue quand je me suis mise à travailler, ce qui m'indifférait totalement puisque nous étions pratiquement les seules aux alentours et que, de toute manière, j'étais sous la tente.

J'étais tellement concentrée que je n'ai jamais entendu Natacha entrer dans la tente. Je n'ai constaté sa présence que lorsque j'ai vu ses mains se joindre aux miennes, alors que je travaillais l'argile, et que j'ai senti son souffle chaud sur ma nuque. Je pouvais sentir ses seins se plaquer contre mon dos. J'allais me retourner pour lui faire face mais elle a resserré ses bras autour de moi afin que je garde cette position.

Elle a retiré ses mains de l'argile et s'est mise à explorer ma peau ruisselante de sueur mais frissonnante de désir. Ses mains laissaient des traces d'argile partout où elles s'étaient attardées et je n'ai pas mis beaucoup de temps à être recouverte d'argile et à avoir la peau glissante.

De ses mains, Natacha massait si bien la pointe de mes seins que la chaleur ambiante ne pouvait freiner le désir qui montait en moi.

Tout en m'enduisant le corps de l'argile de ses caresses, Natacha agaçait mon excitation en mordillant et léchant le lobe de mon oreille. Ses caresses m'avaient allumée... Je me suis retournée pour lui faire face et me suis emparée de sa bouche, ma langue avide cherchant la sienne. Tout en l'embrassant, je lui ai enlevé les vêtements qui faisaient obstacle à nos ébats. Ses mamelons durcis par le désir m'invitaient à les prendre dans ma bouche.

Au moment où je lui suçais les mamelons, mes mains se baladaient et enduisaient tout son corps de cette argile visqueuse à la texture aphrodisiaque. J'avais forcé ma copine à s'étendre sur le dos, me laissant le plaisir de l'observer se trémousser d'envie. Tout en la maintenant plaquée au sol par mes caresses, j'ai écarté de ma langue ses petites lèvres pour me permettre d'accéder à son bouton orgasmique. Du bout de la langue, je lui taquinais le clitoris sans relâche et sans ménagement. Elle semblait beaucoup aimer ! Je m'abreuvais de plus en plus du nectar qui s'écoulait de son antre. Plus je la titillais, plus elle m'inondait de son jus. Son sexe lubrifié me laissait toute la latitude d'y laisser pénétrer ce que je désirais, ce qui était de bon augure !

Je lui avais écarté les lèvres de mes doigts afin de pouvoir admirer son sexe inondé à ma guise. Avant d'en détacher complètement ma bouche, je me suis permise quelques coups de langues féroces et gourmands. Je voulais la voir hurler de plaisir !

On ne s'était quand même pas embarquées dans cette aventure sans prendre certaines précautions et je savais que j'avais un godemiché avec harnais dans mon sac. Je m'en suis emparé et me suis empressée de l'enfiler. Elle était là devant moi à se trémousser comme une véritable chatte en chaleur, attendant juste que je la prenne !

Enduisant mon joujou de lubrifiant, je l'avais ensuite dirigé vers son clito pour mieux la faire languir encore. Tout doucement, je l'ai pointé vers son antre. Elle cambrait des reins tellement elle en voulait ! Tout en appuyant ses mollets sur mes épaules, je me suis mise à la pénétrer doucement, énergiquement et sauvagement ! Elle hurlait de plaisir en cadençant ses mouvements de reins à mon roulement de hanches pour toujours l'avoir plus profondément en elle. Elle m'avait même priée de la prendre par derrière, sachant qu'elle aurait mon joujou encore plus loin au fond de son sexe.

Appuyant ses coudes au sol et écartant les genoux au maximum pour m'offrir la plus belle vue de ses hanches, je l'ai prise par derrière, lui claquant à l'occasion ma main argileuse sur une fesse.

La chevauchée devenait de plus en plus endiablée et de plus en plus torride. Natacha était sur le point d'exploser de plaisir. Ses gémissements, ses râles se faisaient de moins en moins entendre. Pour le coup de grâce, je lui ai introduit un doigt dans l'anus. Elle adorait à en hurler de plaisir ! Son corps s'était cambré, raidi puis, en un cri d'extase douloureux, elle a joui, me donnant mon plaisir du même coup !

Nous nous sommes étendues côte-à-côte, elle, encore tremblante de plaisir et moi satisfaite de l'extase que je venais de lui offrir. Puis elle s'est mise à tracer sur l'argile luisant sur mon ventre un «je t'aime» mémorable!

Camping jouissif

Comme c'est le cas depuis plusieurs années, je reçois, chaque printemps, la liste des festivals qui se déroulent tous les étés dans les quatre coins de la province. J'en profite toujours pour choisir ceux qui me plaisent et où je sais que je ne m'ennuierai pas. J'ai été élevée par des parents pour qui le camping était un exutoire de premier plan. Toute jeune, je parcourais la province, de terrain de camping en terrain de camping, à découvrir les beautés régionales qu'offrent la Gaspésie, Charlevoix, la Côte Nord, le Saguenay, l'Abitibi, les Laurentides, la Maurice, Lanaudière.

Tous les week-ends, nous quittions notre petit havre de paix des Cantons de l'Est pour aller planter notre tente ou, beaucoup plus tard, notre petite tente roulotte dans un des beaux terrains de camping. Nous en profitions aussi pour faire coïncider notre petit périple avec un festival qui se déroulait à proximité de notre emplacement de prédilection pendant quelques jours.

Je me souviens que c'est en camping, aussi, que je faisais mes plus belles rencontres.

Les années ont passé, mes parents ont délaissé ce mode de relaxation mais moi, j'y ai pris de plus en plus goût. Je travaille de longues heures durant l'automne et l'hiver à coiffer mes clientes, à les dorloter, à les rendre de plus en plus belles tellement que, parfois, j'en suis jalouse. Quand je passe mes doigts délicatement dans leurs chevelures, que je leur crée une nouvelle tête, j'ai l'impression de me fondre en elles.

Mais quand arrive le printemps, signe du retour de la chaleur, des longues escapades, je m'empresse de ressortir ma petite maison sur roues, le petit véhicule motorisé, mon refuge intime, qui a succédé à nos tentes roulottes, à nos roulottes.

Je pars sillonner les routes du Québec, à la conquête d'un festival, d'une découverte, du bonheur. Mais, cette année, c'est différent. Je suis seule à entrevoir ces évasions estivales.

— Caroline, je te quitte.

Ces trois mots sortis de la bouche de Jacques, mon copain, mon amoureux depuis quatre ans, m'ont littéralement affaissée. Je me doutais bien qu'il avait une aventure avec une de mes clientes, Nicole, une superbe princesse aux cheveux blonds. Chaque fois qu'elle venait à mon salon, Jacques s'arrangeait pour être présent, prétextant devoir faire de menus travaux. Mais quand je voyais leurs regards se croiser, je me doutais bien que les menus travaux de Jacques n'étaient que de la frime. Il regardait toujours dans mon livre de rendez-vous qui étaient les clientes qui venaient se faire coiffer. En temps normal, il vaquait à d'autres occupations mais, chaque fois que le nom de Nicole était inscrit à l'agenda, il se pointait.

J'ai eu la puce à l'oreille au mois de janvier dernier, quand je suis allée à l'épicerie du village et que je les ai surpris, main dans la main. J'en étais révoltée, choquée, frustrée. Quand Nicole est revenue se faire coiffer, j'ai fait exprès de mal lui couper les cheveux. Elle a dû comprendre ma frustration puisqu'elle n'est jamais revenue.

— Caroline, je te quitte.

Jacques et moi avions l'habitude, chaque printemps, de choisir à l'avance nos destinations de camping pour les mois suivants, en fonction des festivals comme celui du fromage de Warwick, du cochon de Sainte-Perpétue, des voitures anciennes de Granby, du Village d'Antan de Drummondville, du festival western de Saint-Tite. J'avais justement gardé un excellent souvenir du festival western de l'été dernier. Pendant que Jacques était à s'occuper de menus travaux sur notre motorisé, j'étais allée au village acheter une belle paire de bottes de cow-boy pour me sentir encore plus dans l'ambiance. On dit qu'un coup de foudre n'arrive que très rarement, ce que je n'avais jamais éprouvé au début de ma relation avec Jacques, mais je fus frappée d'une étourdissante sensation dès mon entrée dans le magasin.

Le propriétaire m'avait dévorée du regard, un regard si plongeant et si tendre comme j'en avais rarement vu. Il s'appelait Victor, Vic pour les intimes. Vic était le roi du village. Bien qu'avec ses allures de cow-boy, Victor se démarquait de tous les autres. Homme d'affaires averti, sa boutique était mondialement reconnue. Venue pour un simple achat de bottes, je ne pouvais détacher mon regard de cet adonis. Je me souviens du regard de sa gérante. Elle n'était sans doute pas habituée à une réaction du genre de la part d'une cliente.

Je fantasmais. Je nous voyais, Vic et moi, après une ballade à cheval, étendus sur une meule de foin. J'imaginais tout ce qu'on peut imaginer.

— Bonjour mademoiselle, comment puis-je vous aider?

Ce furent là ses premières paroles à mon endroit, des mots que je n'ai jamais pu oublier tellement les sons étaient sensuels. Jacques ne faisait plus partie de mon quotidien dès cet instant.

— Vous cherchez quelque chose de spécial?

Oui… toi! Je fantasmais, mais je sentais qu'il y avait un petit quelque chose de spécial. Il me regardait langoureusement comme s'il avait voulu, lui aussi, dire… toi!

— Je peux vous proposer de beaux ensembles, de belles paires de bottes, de...

Propose, propose toujours. Propose-moi tout ton inventaire si tu veux. Il me montrait de superbes robes, de jolis chapeaux, de vraies bottes de cowgirl, il voulait faire de moi une vraie dame de rodéo. J'avais essayé cinq ou six paires de bottes, autant d'ensembles et de robes. Je ne voulais pas sortir de ce magasin. Je voulais sentir ce cow-boy encore plus longtemps, je voulais le toucher, lui parler, le regarder. Je voyais bien que mon corps lui plaisait, il ne cessait d'analyser toutes mes formes, ses yeux baissaient vers mes seins, ses mains tendres effleuraient ma peau quand il m'aidait à enfiler une veste. Je continuais d'hésiter, je ne voulais surtout pas lui dire que j'avais trouvé ce que je cherchais et devoir m'en aller aussitôt après.

— Si vous le voulez, j'ai d'autres articles dans l'arrière-boutique.

Et comment si je le veux! Allons-y dans l'arrière-boutique, pensais-je bien. J'aurais droit à du service... personnalisé.

— Venez, mademoiselle, je vais vous montrer quelque chose que vous n'avez jamais vu. Au fait, c'est mademoiselle comment?

— Caroline.

— C'est un plaisir de vous rencontrer. D'où venez-vous?

— D'un petit village dans les Cantons de l'Est.

— Êtes-vous venue ici avec des amis pour le festival? Il y a tellement de monde vous savez. C'est comme ça à chaque année.

Je n'étais surtout pas pour lui dire que j'étais ici avec Jacques, pas question.

— Euh, oui, je suis venue seule. J'ai l'habitude de voyager seule.

On se dirigeait vers l'arrière-boutique, sous le regard inquisiteur de la gérante qui voyait peut-être d'un mauvais œil que le patron ouvre la porte de l'arrière-boutique à la première venue.

— Voilà mon repaire secret. Je peux vous montrer de superbes créations exclusives. Vous savez, vous êtes tellement jolie. Ce n'est pas dans mes habitudes de dire cela à des clientes mais vous, vous êtes tellement belle.

Il me gelait tout simplement. Je fantasmais encore plus. Il enleva ma petite veste de cuir, en prenant bien soin de faire glisser ses doigts le long de mon épaule. J'en frissonnais. Il abaissait ensuite ma veste et frôla, oh que de très peu, mon sein gauche qui se mit à vibrer.

— Oh, je m'excuse de ma maladresse.

Laisses faire ta maladresse et continue! pensais-je encore.

— Ce n'est pas grave.

Il se tourna vers un petit comptoir et en sortit une superbe veste de cuir, toute noire.

— Elle vous plait?

Et comment elle me plaisait. Mais Vic me plaisait encore plus.

— Oui, je vais l'essayer.

Vic s'empressa de dégager les manches de la veste et commença à me l'enfiler. Cette fois, ses doigts ne firent pas qu'effleurer le galbe de mes seins. Je sentis cette pression inimaginable, ce toucher que j'espérais tant.

— Vous vous sentez bien?

— Oui, Victor, continuez… continuez…

Cette année, c'était différent.

J'étais seule pour planifier les prochains mois. Jacques m'avait quittée et tant pis. Depuis notre retour de Saint-Tite l'an dernier, je m'étais détachée de lui. Jamais je n'avais éprouvé autant de sensations qu'avec Victor. Cet après-midi là, dans l'arrière-boutique, j'ai compris que Victor était celui qui pouvait m'amener au septième ciel. Il fallait qu'on se revoie. En ouvrant la porte de ma garde-robe, j'ai retrouvé cette jolie veste noire. Je l'ai enfilée de la même façon que Victor me l'avait fait essayer, en reproduisant les mêmes gestes suaves. Sauf que cette fois, la gérante n'a pas surgi de nulle part pour venir interrompre la séance d'essayage. C'est décidé, je pars pour Saint-Tite, seule cette fois. Victor sera tout à moi, rien que pour moi.

— Bonjour Caroline, content de vous revoir cette année.

Le gérant du terrain de camping m'avait reconnue. J'allais à cet endroit depuis les trois dernières années.

— Tiens, vous êtes seule, où est votre ami Jacques ?

Dans le décor, le Jacques.

— Oui, je suis seule.

Le gérant du terrain de camping, un homme dans la quarantaine, beau bonhomme en apparence, accueillait des visiteurs depuis plusieurs années. Il avait la réputation d'aller fureter un peu partout entre les roulottes. On disait de lui qu'il aimait bien faire la conversation avec les campeurs, spéciale-ment les campeuses. Peu importe, je laissais aller mon imagi-nation alors que ma seule préoccupation était de retourner à la boutique, de revoir Victor. Mais, était-il encore là ? Et s'il avait vendu la boutique, s'il avait déménagé ? Mon Dieu, faites que ce soit impossible. Je pense à lui depuis l'été dernier.

— Bonjour Mademoiselle, que puis-je faire pour vous ?

— Euh, je cherche une paire de bottes en cuir. Je suis venue l'an dernier et le propriétaire, un certain Victor je crois, m'avait été d'un grand secours.

— Oui, je me souviens de vous. Vous étiez allée dans l'arrière-boutique avec Victor.

Je ne m'en souvenais que trop bien. Cette foutue gérante était arrivée à brûle-pourpoint. Finie la libido.

— Est-il ici ?

— Pas pour l'instant. Il a dû s'occuper d'aider les orga-nisateurs du festival car l'ouverture officielle est ce soir.

Question de politesse, je suis restée quelques moments à contempler des paires de bottes mais c'est Victor que j'aurais préféré contempler. Elle a dit qu'il était parti aider les organisateurs. J'ai décidé d'aller au village. Mais, quand je vais le voir, va-t-il me reconnaître? Aura-t-il ce merveilleux souvenir encore en lui? Se souvient-il de la sensation que lui a procurée notre séance d'essayage?

Je me frayais un chemin parmi les milliers de visiteurs qui arpentaient toutes les rues du petit village de Saint-Tite. Le point central du festival était, bien sûr, l'aréna, où on y présente des spectacles de cow-boys, des rodéos de toutes sortes.

J'aime bien les taureaux, les chevaux. Plus jeune, nos voisins avaient une ferme. J'ai appris à connaître ces bêtes. Surtout les étalons. Étalon comme... Victor. Ah, si seulement je pouvais le voir, sentir sa douceur encore une fois. Je n'ai jamais pu oublier cet enivrement qui fut, hélas! de trop courte durée. Si cette gérante n'était pas entrée dans l'arrière-boutique, qui sait ce que nous serions devenus.

— Mademoiselle Caroline, est-ce bien vous?

Cette voix, mais oui, c'est la voix de Victor. Mais d'où vient-elle?

Monté sur son superbe étalon noir, Victor, tel un vrai cow-boy, s'approchait de moi, belle et voluptueuse, vêtue de la veste de cuir noir achetée l'été dernier. Le cheval se faufilait doucement entre les amateurs de sports équestres.

Victor était coiffé d'un chapeau vraiment digne de Hollywood. Il n'avait guère changé. Sa voix, douce encore, résonnait jusqu'aux oreilles de Caroline.

— Mademoiselle Caroline, comment allez-vous ? Vous n'avez pas changé, si ce n'est que vous êtes encore plus jolie. Et puis, votre veste vous va à ravir.

J'aimerais tellement que tu me l'enlèves ma veste, mon bel étalon !

— Je l'adore. Le meilleur achat que je n'ai jamais fait. Et vous, Victor, quoi de neuf ?

— Dites, vous montez à cheval ? Ça vous plairait une petite ballade dans les bois ?

Et comment que ça me plairait. Même si je ne sais pas trop comment monter à cheval. Toi, mon bel étalon, tu me le montreras.

— Avec joie. Avez-vous un cheval pour moi ?

Je plongeais dans un rêve. J'étais au comble du bonheur. Je me voyais déjà, les cheveux flottants au vent, suivre le rythme de ma monture. Je me voyais déjà, cheveux étendus au sol, suivre le rythme de Victor dans un va-et-vient à cheval sur moi. Je sentais déjà ses cuisses se serrer contre les miennes. Je nous voyais en selle, sur la même selle. Il agrippait langoureusement le bas de mes fesses et montait mon corps telle la ruade d'un étalon sur une jument. Je me voyais entourer son buste de mes bras. Je le voyais remettre mes bras le long de mon corps, lui laissant le chemin libre pour s'aventurer jusqu'à ma poitrine.

Il me prenait les hanches de ses deux grosses mains fortes, les montait lentement mais sûrement, effleurait mes deux seins en même temps. Il les contemplait, les embrassait. Il les léchait tranquillement. Une sensation que je n'avais jamais connue. C'était sans doute ça l'extase extrême. Victor savait comment s'y prendre. À son regard, je sentais qu'il m'aimait, que je n'étais pas une autre conquête quelconque. À Saint-Tite, il devait être le Dieu, celui dont toutes les femmes raffolent. Mais, pour l'instant, les mains de Victor se confondaient avec ma poitrine. Nous étions au trot. Et le galop s'en venait…

— Bien sûr que j'ai un cheval pour vous. Une superbe jument, elle s'appelle Popcorn.

Tiens, ça va sauter ! Et ce ne sera pas dans le micro-ondes.

— Allons-y Caroline. Je vais vous faire découvrir des beautés que vous n'avez jamais vues de votre vie.

Et comment donc ! Toi aussi tu vas voir quelque chose que tu n'as jamais vue auparavant.

À cheval tous les deux, on avait pris le petit sentier situé juste derrière l'aréna. L'hiver, le sentier est occupé par les motoneiges mais l'été, les chevaux y sont rois.

— Je me suis ennuyé de vous, Caroline. Je n'ai jamais oublié notre rencontre de l'été dernier. J'ai pensé à vous très souvent au cours des derniers mois.

Dommage que ta gérante soit venue perturber cette rencontre, me disais-je encore.

Un vrai rêve. Caroline et Popcorn passaient au trot devant Victor et son bel étalon noir. Le cow-boy ne cessait de dévisager le corps sublime de la coiffeuse. Il admirait l'arrière de son corps, cette silhouette angélique qui se mariait aux pas de sa monture. En trottant ainsi, le corps de Caroline connaissait soubresaut après soubresaut, sa chevelure flottait au vent, ses seins sautillaient. Ils s'éloignaient de plus en plus du village, ils se perdaient de plus en plus dans la nature. Ils étaient seuls au monde. Victor n'attendait que l'instant propice pour faire arrêter les chevaux. Il connaissait bien ce sentier puisqu'il l'avait défriché de ses propres mains, il y a bien des années. Il savait que le sentier menait à une petite cabane au bord d'un petit lac. Peu de gens connaissaient cet endroit. Son cheval, lui, connaissait bien les lieux. Lui et Popcorn s'y étaient souvent rendus en compagnie de Victor et des amis.

Avant de partir, en allant chercher Popcorn, Victor avait pris soin de mettre une bonne bouteille de vin, et deux verres, dans la sacoche de sa selle.

— Comment trouvez-vous le paysage, Caroline?

— C'est superbe, féerique.

— Attendez, vous n'avez encore rien vu.

Toi non plus! Comment ai-je pu passer à côté de cette vie. Pourquoi ne suis-je pas restée ici l'an dernier? Combien de fois aurions-nous fait l'amour depuis les derniers mois?

— Si vous le voulez, on peut s'arrêter ici, au bord du lac, juste à côté de la meule de foin.

Enfin ! On s'arrêtait.

— Tenez, je vais vous aider à descendre de Popcorn.

Le rêve continuait. Caroline prit un léger élan et fit basculer sa jambe droite derrière. Victor la tenait fermement par les hanches et l'aida à mettre ses deux pieds sur le sol. Ils étaient face à face, sans dire un mot. Popcorn et l'étalon s'en allèrent boire de l'eau dans le lac. Victor ne pouvait se résigner à enlever ses mains des hanches de Caroline. Elle prit sa main droite et la leva pour l'appuyer délicatement sur son sein gauche. Victor fit le même geste avec son autre main. Elle ferma les yeux, l'ivresse du moment commençant à se répandre dans son corps de déesse.

Continue ! continue ! continue !

Ils étaient revenus au point de départ de l'été dernier.

— Je me suis tellement ennuyé de toi, Caroline.

— Continue ! continue ! continue !

Elle détacha le ceinturon de cuir de Victor, déboutonna son jean, fit glisser la fermeture éclair dans un geste calculé. Il lui enleva son chandail, regarda sa poitrine, enleva son soutien-gorge. Il remit ses mains sur les seins de la blonde coiffeuse. Elle baissa le pantalon de Victor puis retira son slip. Il se mit à genoux et, lentement, baissa la petite culotte de Caroline. Il la prit dans ses bras et la déposa sur la grosse meule de foin, bien à l'abri des regards, au bord du lac.

— Continue ! continue ! continue !

Les doigts de Victor se promenaient à tâtons partout sur le corps de Caroline. Il caressait sa bouche, l'embrassait langoureusement. La langue de Victor rejoignait le fond du palais de Caroline. Elle le sentait dans tout son être. Il effleurait légèrement le bout de ses seins, les caressant ensuite à nouveau. La main de Victor glissait sur le corps de Caroline, jusqu'aux genoux. Avec son pouce et son auriculaire, il fit une légère pression pour lui écarter le haut des jambes, laissant bien à découvert son sexe. En le frottant, Victor eut l'impression de n'avoir jamais éprouvé cette sensation de douceur, de duvet.

— Continue! continue! continue!

Caroline avait rêvé de ce moment depuis des mois.

À quelques mètres d'eux, l'étalon noir était grimpé sur Popcorn et les deux chevaux copulaient. L'étalon hennissait à s'en fendre le sabot. Son arrière-train était assailli par un trémolo de secousses. Son immense pénis faisait un tel va-et-vient dans le corps de Popcorn.

Le pénis de Victor faisait un immense va-et-vient dans le corps de Caroline. Fini le trot, ils étaient au galop. Le plaisir suprême, la jouissance extrême. Jamais, de toute sa vie, Caroline avait connu un orgasme de la sorte. En fait, avec Jacques, elle n'avait jamais eu d'orgasme. Victor venait de lui faire découvrir la plus belle chose de sa vie.

— Victor, Victor, ahhhh Victor. Comment te dire, comment...

— Chut, pas un mot, Caro. Profitons de ce moment.

Victor caressait à nouveau les seins de Caroline dont le corps trémoussait encore. L'orgasme qu'elle venait d'avoir l'avait fait chavirer. Elle serrait le plus fort possible Victor. Elle enlaçait ses fesses légèrement poilues et le retourna. Tous les deux, étendus sur le dos, nus devant leurs chevaux, contemplaient le ciel bleu azuré qui protège le village de Saint-Tite.

— Victor, je n'aurais jamais dû partir l'été dernier.

— Caro, je n'aurais jamais dû te laisser partir.

Victor savait pourtant, sans le dire à Caroline, qu'il n'aurait pas pu la convaincre de rester, il y a quelques mois.

Remontant sur Popcorn, elle aussi plus que satisfaite, et sur l'étalon noir, Caroline et Victor rebroussèrent chemin sans dire un mot, tentant la plupart du temps, de se tenir main dans la main, quand la largeur du sentier le permettait.

— J'avais apporté une bouteille de vin. Je l'ai oubliée.

— On va la prendre dans mon motorisé, si ça te tente.

Et on va recommencer, mon cher Victor !

S'il n'en tenait qu'à lui, Victor aurait passé tout le festival dans les bras de Caroline. Faire l'amour de cette façon ne lui était pas arrivé depuis très longtemps. Il ne se souvenait pas avoir vu un corps si délicieux et si admirable à contempler. Et le prétexte de la bouteille de vin oubliée surgissait à point. À peine revenus à l'aréna et après avoir dû raconter toutes sortes de mensonges pour justifier leur absence, Victor et Caroline, qui se regardaient avec un petit sourire complice et narquois, en admiration l'un devant l'autre, se dépêchèrent de sauter dans la camionnette et filer vers le terrain de camping.

— Re-bonjour mademoiselle Caroline. Et, oh, bonjour monsieur Victor.

Le gérant du terrain de camping n'avait pas reconnu Victor. Il n'avait d'yeux que pour la blonde coiffeuse. Il vit la camionnette rouler jusqu'au véhicule motorisé de Caroline. Il vit aussi Victor en sortir avec une bouteille de vin et alla raconter ce qu'il venait de voir à quelqu'un.

Aussitôt rentrée à l'intérieur du motorisé, Caroline refaisait le même scénario qui, même parvenu à la réalité, lui avait trotté dans la tête dans ses rêves les plus fous. Elle délassa le ceinturon de Victor, puis déboutonna son jean. Elle baissa la fermeture éclair. Victor, en lui caressant les cheveux, lui enleva son chandail, puis son soutien-gorge. Ils se déshabillèrent complètement, toujours avec ce même élan suave d'énergie. Leurs corps enlacés ne faisaient à nouveau qu'un. Ils tombèrent sur le lit, elle par-dessus lui, position contraire à celle au bord du lac. Cette fois, devant le pénis en érection de Victor qui voulait tout dire, Caroline s'installa les jambes bien ouvertes. Victor posa ses mains sur les hanches de la belle blonde et commença un mouvement de va-et-vient, un mouvement qui prit rapidement de l'ampleur. Victor posa ses mains sur les seins de Caro, les frottait l'un contre l'autre et Caro trouva à nouveau l'extase le plus complet. Tous deux jouissaient ensemble durant d'interminables secondes.

On cogna à la porte !

— Victor, c'est moi. Mon salaud, ouvre la porte, je sais que tu es là.

C'était Annabelle, la gérante de la boutique, la blonde de Victor depuis les dernières années. Le lendemain, Annabelle reçut une note au magasin :

— Anabelle, je te quitte !

La gardienne

— Étienne, Dominique, Mahée, Justin, Marie-Pier, Charles, Laurence, allez, je vais vous habiller. Il faut mettre vos bottes, vos manteaux, vos tuques et vos mitaines. Nous allons jouer dehors dans la cour. Il tombe une belle petite neige. S'il y en a suffisamment, nous allons pouvoir faire un bonhomme de neige.

Isabelle prenait un soin jaloux des jeunes frimousses dont elle avait la charge, dans son rôle de gardienne au Centre de la Petite enfance Les Jeunes Marmots de l'est de la ville. Depuis quelques mois, après avoir quitté son emploi de secrétaire au sein d'une importante firme de comptables, elle oeuvrait auprès des enfants.

Les parents, ou le père ou la mère, familles mono-parentales, lui confiaient leurs enfants qui devaient passer leur journée à la garderie jusqu'au retour de leurs parents, habituellement vers 18 heures. Ils y arrivaient tôt le matin, dès 6 h 30 pour certains car leurs parents, pour parvenir à joindre les deux bouts, n'avaient d'autres choix que d'effectuer de longues heures de travail.

Isabelle les accueillait un à un. Elle les mettait à l'aise, les débarrassait de leurs manteaux d'hiver et passait la journée avec eux quand ils ne faisaient pas la sieste, le matin l'après-midi. D'ailleurs, les quatre groupes d'enfants de la garderie fonctionnaient de la même façon : dodo le matin, un bon dîner, et dodo l'après-midi. On y mêlait différentes activités. Isabelle s'occupait du groupe des moins de quatre ans. Ses confrères et consoeurs, Josée, Estelle, Marie, Christiane, Laurent, Carl et la patronne Louise veillaient à la sécurité des enfants plus âgés. Le midi, c'est le cuisinier Marc qui avait la responsabilité de bien nourrir tout ce beau monde.

Isabelle, un corps d'ange, faisait constamment tourner les têtes de Carl, Marc et Laurent, les trois mâles de l'établissement. Elle rendait les autres filles terriblement jalouses qui, dans son dos, ne se gênaient pas pour la «bitcher». On disait d'elle qu'elle était toujours parvenue à ses fins avec son cul, son beau petit derrière qui faisait l'envie de tous les hommes qu'elle croisait sur son chemin.

Mais là, elle devait se concentrer sur des gamins et des gamines. Isabelle prenait à cœur son boulot et recevait, malgré le fait qu'elle rendait jalouse les autres filles, sa part de bons commentaires. Les enfants l'aimaient tellement que les parents l'engageaient parfois les week-ends pour venir garder leur progéniture à la maison. Les pères, car c'était surtout les pères qu'elle connaissait puisque ce sont eux qui allaient reconduire les enfants le matin, se prenaient d'affection pour elle dès le premier regard. Car, dès que leurs yeux croisaient ceux d'Isabelle, c'était comme un coup de foudre.

«Comment se fait-il que je n'aie pas commencé à travailler ici bien avant? Je me fiche pas mal de ce que les autres filles pensent de moi. En plus d'être très généreux, les pères sont très beaux, surtout Roger et Claude. Et puis, Carl et Laurent me rendent la vie bien belle eux aussi.»

— Isabelle, tu n'aurais pas vu le petit Benoît? Il s'est échappé de mon groupe.

Laurent cherchait un bambin qui avait déserté le groupe. Oh, il ne pouvait pas aller bien loin, entre les quatre murs de la garderie, mais sa disparition inquiétait le responsable du groupe.

— Isabelle, si jamais tu le vois, tu me le ramènes?

— Bien sûr, Laurent.

«Dommage qu'il soit marié avec Josée. J'aimerais bien pouvoir enfouir ma main dans son pantalon et voir de quoi a l'air sa...»

— Isabelle, laisse tomber, j'ai retrouvé Benoît. Juste à temps pour la sieste, comme dans ton groupe.

Car tous les groupes faisaient la sieste en même temps, ce qui donnait l'occasion aux gardiens et gardiennes de se reposer. Parfois, certains employés dormaient sous une paillasse, comme les enfants, à même le sol.

Dans le fond, j'y pense, peu importe qu'il soit marié avec Josée. J'ai le goût de lui et il ne cesse de me dévisager quand il me voit. Je le vois bien, ses yeux bougent constamment. Il parcourt tout mon corps de son regard.

Laurent venait d'endormir le dernier des récalcitrants. Il savait qu'il aurait la paix durant les trente prochaines minutes. Normalement, il se repose auprès des enfants, mais sa dernière conversation avec Isabelle avait rallumé une flamme en lui, cette même flamme qui avait jailli lors de l'arrivée d'Isabelle, il y a quelques mois à peine. L'été dernier, sous un soleil de plomb, Isabelle s'était présentée à la garderie pour sa première journée de travail. Elle portait une jupe très serrée et un décolleté plongeant qui laissait voir la moitié de sa poitrine. La patronne Louise lui avait alors dit que si elle voulait travailler longtemps à la garderie, il serait préférable de se vêtir plus convenablement. Laurent gardait cette image bien présente. Toujours entouré de sa femme Josée ou des autres employés, il n'avait jamais pu être seul à seul avec Isabelle.

— Laurent… Laurent, chuchota Isabelle en entrant dans la classe.

— Chut, attention de ne pas réveiller les enfants.

— Je sais. Tu es seul? Où sont les autres?

— Endormis chacun dans leur classe avec les enfants.

C'était le moment ou jamais.

— Laurent, chuchota-t-elle encore. Je peux m'asseoir à tes côtés?

Les rideaux étaient tirés et Laurent et Isabelle se tenaient dans une certaine pénombre, au fond de la salle. Comme s'ils savaient exactement ce qu'ils voulaient tous les deux, leurs mains se joignirent et ils s'échangèrent un baiser, un long baiser.

— Isabelle, c'est bon.

Laurent accéléra les choses et déboutonna le chandail d'Isabelle.

— Attention de ne pas réveiller les enfants.

Elle se mit à genoux, ses jambes bien écartées au-dessus du sexe de Laurent qui s'agitait vivement. Elle baissa son pantalon et pris le sexe de Laurent entre ses deux mains. Elle le lécha jusqu'à ce qu'il devienne en parfaite érection. Laurent lui tenait les deux seins bien fermement et se mit à jouir. Isabelle adorait ce petit jeu. Elle ne comptait plus les fois où elle avait l'occasion de se faire plaisir de la sorte. Elle jouissait autant que si on la pénétrait.

— OK, arrête Isabelle, les enfants vont se réveiller.

— Non, non, on continue.

Mais la récréation devait se terminer. En effet, un des enfants commençait à gesticuler, prélude à son réveil.

— On va se reprendre. J'aime tellement sucer ton pénis. Et pourquoi ne pas être trois la prochaine fois ? Tiens, demande à Carl, je l'aime bien lui aussi.

— À la sieste de cet après-midi, si personne ne nous voit.

Isabelle était fière d'elle. C'est ce qu'elle aimait le plus.

« S'il avait fallu que Josée ou quelqu'un d'autre entre dans la pièce pendant que nous faisions ça… »

Laurent et Carl étaient des amis inséparables. Non seulement ils travaillaient ensemble, mais ils se voyaient tous les soirs en dehors de la garderie. Ils partageaient les mêmes goûts, les mêmes sorties. Isabelle s'en était bien aperçue et, dans le fond, elle les voulait tous les deux pour elle seule.

Le week-end précédent, Roger, le papa du petit Étienne, avait demandé à Isabelle de veiller sur son fiston pendant son absence. Père monoparental, président d'une firme d'ingénieurs, il menait une vie de pacha. Maison cossue, luxueuse voiture, rien ne manquait. Ce soir-là, Roger rentra à la maison assez tôt.

— La soirée était ennuyante. Je m'emmerdais et puis, je savais que tu attendais mon retour pour t'en aller.

— Pas du tout, je n'ai que ça à faire et Étienne dort depuis plusieurs heures.

Roger, à peine plus âgé qu'Isabelle, admirait sa beauté tous les jours qu'il la voyait à la garderie. Célibataire depuis peu, il n'avait eu aucun contact physique avec qui que ce soit depuis sa séparation. Isabelle lui tapait dans l'œil, c'était évident.

— Tu veux rester ? Je vais ouvrir une bouteille de champagne.

— Quelle bonne idée.

Bien installés devant le foyer du salon, Isabelle et Roger trinquaient. Isabelle prit la bouteille par le col et, d'un geste de la main, y alla d'un va-et-vient lancinant de haut en bas. Elle appuya ensuite ses lèvres sur le goulot et suça les quelques gouttes de champagne qui étaient sur le bord dans un murmure de satisfaction.

Ce qui excita Roger.

Isabelle comprit tout de suite ce que Roger attendait d'elle. Elle passa ses mains autour de son coup, puis déboutonna sa chemise. Roger l'étendit de tout son long par terre sur la moquette et, à son tour, la déshabilla. Au fur et à mesure qu'il lui enlevait ses vêtements, Roger découvrait un corps magnifique, des rondeurs comme il en voyait dans les magazines pornos qu'il achetait pour se contenter. Il prit la bouteille de champagne et versa quelques gouttes sur la poitrine d'Isabelle puis, avec ses mains, étendit le précieux liquide partout sur son corps. Avec ses doigts, il la pénétra lentement, très lentement, y allant d'un mouvement doux à la verticale. Isabelle adorait cette sensation car les fois où elle avait des contacts physiques avec d'autres, c'était surtout par voie orale.

Isabelle flottait et, plus Roger secouait son vagin avec ses doigts, plus son corps vibrait de partout. Roger se dressa sur ses genoux et Isabelle lui prit le sexe fermement avec sa main gauche. Roger continuait son va-et-vient de sa main gauche et tous les deux se masturbaient mutuellement.

— Allez, viens.

Isabelle exerça une pression sur la hanche de Roger qui se retrouva étendu par-dessus elle. Il n'était plus question de masturbation. Roger la pénétra tendrement, jusqu'à l'extase la plus jouissante. Durant de longues et savoureuses minutes, Isabelle serra bien fort ce Roger venu tout droit du ciel.

— Dieu que c'est bon, mon corps se trémousse de toutes parts. Écoute Roger, la prochaine fois, faudrait faire ça à trois. Ca serait super.

— Le week-end prochain.

Roger et Claude étaient des amis inséparables. Ils partageaient tout, avaient les mêmes passions. Isabelle s'occupait aussi de la fille de Claude, Marie-Pier. Comme Roger, Isabelle lui était bien entendu tombée dans l'œil dès leur première rencontre. Et Isabelle le savait bien...

— La soupe est prête !

Comme tous les midis, le cuisinier Marc avait concocté un bon petit plat bien nutritif pour tous les enfants et les membres du personnel. Ils étaient tous là, dans la cuisine, attablés aux différentes tables, par petits groupes d'enfants ou d'employés. À une table, Carl, Laurent, Josée et Isabelle, à une autre, Étienne, Marie-Pier, Dominique, Charles et Mahée et la gardienne Christiane qui leur donnait à manger.

Les regards de Laurent et Isabelle ne cessaient de se croiser. Ils se frôlaient les jambes sous la table. Josée n'y voyait que du feu.

— Laurent, que se passe-t-il entre toi et Isabelle?

Carl avait découvert la petite entourloupette de son copain. Il se doutait bien qu'il se passait quelque chose. Combien de fois avait-il essayé de séduire Isabelle à la garderie, mais en vain. Isabelle ne le repoussait pas, bien au contraire, car elle l'aguichait avec son corps. Carl ne pouvait jamais rester indifférent.

— Si tu veux le savoir, viens me retrouver dans ma classe au début de la sieste. Je te promets une expérience que tu n'oublieras pas de sitôt.

Quand Isabelle a perdu son emploi quelques mois auparavant et qu'elle s'est rendue à la garderie pour postuler pour cet emploi, les deux premières personnes qu'elle a rencontrées furent Laurent et Carl. Bien que la patronne Louise se montrait récalcitrante à l'embaucher étant donné le peu d'expérience qu'elle affichait sur son curriculum vitæ, Carl et Laurent lui donnèrent leur appui et furent assez convaincants auprès de Louise. Isabelle ne l'a jamais oublié. Elle s'était promise de les remercier, à sa façon, quand le moment serait venu.

Elle était auparavant secrétaire dans un bureau de comptables, un emploi qu'elle avait obtenu grâce à des amis communs. Son patron, un homme marié et père de quatre enfants, était assez sévère et demandait beaucoup de tous ses employés. Il imposait le respect et voulait que ce soit réciproque. Isabelle était à l'emploi de cette firme de comptables depuis quelques semaines seulement quand on souligna le départ à la retraite de l'un d'entre eux. Le patron avait tenu à ce qu'on organise une belle petite soirée dans les bureaux. On y avait fait venir un buffet et la vingtaine de personnes festoyaient dans la joie. Le héros de la soirée était très ému, versa même quelques larmes, sous les applaudissements de ses confrères et consoeurs. Le vin coulait à flots et, comme son patron lui avait promis de la raccompagner, Isabelle ne comptait plus le nombre de verres qu'elle s'envoyait derrière son chandail qui révélait les superbes rondeurs de sa poitrine. D'ailleurs, tous les hommes, et même quelques femmes, ne pouvaient enlever leurs yeux du corps d'Isabelle.

Une des employées, Claire, lui a même glissé à l'oreille, durant la réception, qu'elle n'hésiterait pas à s'envoyer en l'air avec elle. Après un petit clin d'œil complice, les deux s'étaient retrouvées dans le bureau du patron. Assise sur le devant du bureau, Claire avait retroussé sa jupe et Isabelle caressait ses jambes, en remontant bien lentement. Claire détacha son chemisier, Isabelle fit de même. Elles se retrouvèrent étendues sur le bureau du patron, toutes nues, à se caresser et s'embrasser. Les doigts d'Isabelle frôlaient le vagin de Claire. Elle se tourna de bord. Leurs visages bien entre les cuisses de l'autre, la langue bien pendue sur le sexe de l'autre qu'elles pénétraient chacune s'assurant de se donner mutuellement l'extase tant convoitée.

— Ah que c'est bon Isabelle ! Rien de mieux qu'une femme pour en comprendre une autre.

Homme ou femme, pour Isabelle, l'important c'était son plaisir. Cette jouissance qu'elle parvenait à assouvir sans considération pour son partenaire. Durant cinq minutes, Claire et Isabelle découvraient le corps de l'autre. Avec leurs langues, elles sont parvenues, en même temps, à la jouissance totale. Claire se cabrait tellement la jouissance était forte. La langue d'Isabelle avait trouvé ce qu'elle cherchait et ne lâchait pas prise aussi facilement. Elles se mordillèrent ensuite les seins.

— Comme tu as de beaux seins, Isabelle.

Pour Claire, c'était une première expérience du genre. Mariée depuis quinze ans, elle n'avait jamais osé assouvir ce fantasme qui la tenaillait depuis son adolescence. Elle souhaitait plus que tout faire l'amour à une femme, et Isabelle était la femme rêvée.

— Caresse-les, Claire.

Et elles s'embrassèrent ensuite, leurs langues se perdant littéralement dans la bouche de l'autre.

— Mais, voyons, que se passe-t-il ici ? Isabelle ? Claire ? Mais voyons !

Prises dans de trop fortes émotions, les deux femmes n'avaient pas entendu les pas du patron qui s'en venait chercher une autre bouteille. Déjà enivré, il en voulait plus. Et la vue de ces deux corps de rêve ne fit qu'accélérer son ardent désir.

— Approchez patron ! Venez, n'ayez pas peur.

Isabelle et Claire continuèrent de s'embrasser follement. Le patron se joignit à elles, commença à embrasser les jambes de Claire tout en caressant le dos d'Isabelle qui se retourna et se pencha sur son sexe pendant que Claire fit pénétrer ses doigts dans le vagin d'Isabelle. Le trio s'en donnait à cœur joie. Isabelle, qui adorait ce genre de contacts multiples, parvenait à l'orgasme plus rapidement que les deux autres.

Le lendemain matin, elle quittait son emploi. Elle ne voulait plus se voir confronter à Claire et son patron après autant d'ivresses sexuelles.

« Je ne veux pas rester plus longtemps ici. J'aime bien Claire et je ne m'attendais jamais à un tel geste du patron. Je ne pourrai jamais plus les regarder en face. Claire aussi aura de la difficulté à continuer de travailler avec lui. Si je reste, ce sera invivable. Mais quel orgasme. Quels orgasmes ! »

L'après-midi avait bien mal commencé à la garderie. Après le repas, un enfant avait déboulé un escalier et s'était blessé. C'était le branle-bas du combat entre les quatre murs.

On craignait qu'il n'ait été victime d'une fracture de la jambe. On appela les ambulanciers qui arrivèrent en l'espace de quelques minutes. Fort heureusement, le bambin n'avait que des égratignures. C'était un enfant de la classe de Laurent.

— La sieste arrive à point. Il va pouvoir se reposer. J'espère qu'il pourra dormir sur ses deux oreilles.

Laurent se faisait du souci pour le petit garçon. Et il se souvenait de la proposition qu'Isabelle lui avait faite l'avant-midi. Isabelle l'avait comblé de bonheur le matin, une situation dans laquelle il avait toujours rêvé de se retrouver. Et elle était prête à recommencer, cette fois à trois. Quel fantasme, se disait-il. Et lui qui en avait glissé un mot à son ami Carl.

— N'oublie pas, Laurent, notre petit rendez-vous clandestin tout à l'heure dans ta classe. Tu en as parlé à Carl n'est-ce pas?

Isabelle voulait s'assurer que les deux hommes qu'elle préférait le plus seraient bien à l'heure prévue, à l'endroit prévu.

«Je ne peux me passer de Laurent et je ne pourrai non plus me passer de Carl. J'attendais ces instants avec grande impatience. Et puis, le fait de baiser dans une garderie était plutôt spécial.»

Isabelle se félicitait pour cette aventure toute folle et inusitée. Ne restait qu'à s'assurer que Josée et les autres membres du personnel, comme ce fut le cas le matin, s'occupent de leurs affaires.

— Laurent… Laurent

Carl avançait à tâtons dans la pénombre, prenant soin de ne pas accrocher un enfant sur son passage. Il parvenait à distinguer dans le fond de la pièce la silhouette de son ami mais, en s'approchant un peu plus, il voyait bien que Laurent n'était pas seul. Il reconnut aussitôt Isabelle et sa longue chevelure. Elle était assise à côté de Laurent.

— Viens, assis-toi ici à côté de moi, lui dit-elle du bout des lèvres.

Carl n'en espérait pas autant. Il voulait Isabelle depuis leur première rencontre. Elle le désirait tout autant mais son fantasme était depuis belle lurette de s'adonner à ses jeux sexuels, tout en étant trois. Il fallait tout de même prendre des précautions. Les trois prenaient (et dans le cas de Laurent et Isabelle, c'était pour la deuxième fois) un gros risque.

Laurent appuya ses lèvres sur celles d'Isabelle pendant que Carl commença à lui caresser les seins. Plus il les caressait, les frottait, plus l'envie lui prenait. Plus il devenait excité. Isabelle adorait cette sensation. Elle aimait se faire ainsi caresser d'un côté, se faire embrasser de l'autre. Elle mit la main sur le sexe de Carl, déjà très tendu. Elle le sortit de son pantalon et fit de même avec celui de Laurent. Elle se recroquevilla et changea de côté. Les deux amis étaient alors côte à côte, prêts à s'envoler au septième ciel. Isabelle utilisa ses deux mains dans un va-et-vient continuel de haut en bas et de bas en haut, avala quasi totalement le sexe de Carl, puis celui de Laurent. Elle en jouissait.

— Je vous aime, tous les deux.

N'eut été du réveil des enfants, Isabelle en aurait redemandé. Insatiable, Isabelle elle ne trouvait son bonheur que dans le sexe, le sexe à trois. Elle avait commencé jeune ses expériences sexuelles. Dès l'âge de 14 ans, après avoir été trimballée de foyer d'accueil en foyer d'accueil, elle fit la connaissance de garçons beaucoup plus âgés qu'elle, des gens pas tellement recommandables qui la forcèrent à se plier à leurs moindres exigences au lit… ou ailleurs. Mais elle y avait pris goût. Comme une drogue. Elle avait eu beau essayé diverses expériences à deux, mais ce n'était pas sa tasse de thé. Isabelle n'était heureuse qu'avec deux autres personnes, hommes ou femmes.

Elle se plaisait aussi à la garderie, elle aimait particulièrement rendre les autres employées jalouses.

Mais elle quitta son emploi le lendemain.

«Je ne peux rester ici plus longtemps. J'aime bien Carl et Laurent mais je ne pourrai plus continuer à les regarder en face. Je les aime trop. Mais quelle satisfaction ce fut!»

À la fin de la journée, Roger venait chercher le petit Étienne. Sans savoir qu'Isabelle avait pris la décision de ne plus revenir travailler à la garderie, il lui rappela leur rendez-vous du prochain week-end.

— Je vais aller te chercher chez toi. Nous irons tous les trois manger au restaurant puis on reviendra à la maison prendre le digestif.

Ce scénario faisait bigrement l'affaire d'Isabelle, d'autant plus qu'elle aimait beaucoup Roger et appréciait les discussions avec Claude quand il venait reconduire ou chercher la petite Marie-Pier.

À peine revenus du prestigieux steak house La Marmite, dans le centre-ville, les trois savaient fort bien à quoi s'attendre. Isabelle et Roger avaient passé une soirée de rêve sept jours auparavant, et Claude attendait ce moment depuis le premier jour où il avait fait la connaissance d'Isabelle à la garderie. Décidée, Isabelle alla quérir une bouteille de champagne et en versa un verre à ses deux compagnons.

— Je vais prendre une douche, attendez-moi.

Isabelle faisait couler l'eau dans l'immense douche à dix pommeaux. Elle s'installa sous le jet principal et fit ruisseler l'eau sur sa figure. Ses longs cheveux mouillés descendaient jusqu'au bas de son dos. Elle fermait les yeux, savourait chaque instant de cette relaxation. Elle sentit des mains la caresser dans le dos, puis sur ses épaules. Elle sentit d'autres mains caresser ses fesses. Elle sentit ensuite quatre mains caresser ses seins. Roger et Claude étaient de chaque côté d'elle, l'embrassant partout sur son corps. Elle s'agenouilla, sous la douche qui continuait de couler et fit jouir, comme elle le fait si bien, le sexe de ses deux amis avec sa langue invitante et curieuse.

146

Ils retournèrent tous les trois, nus, dans le salon. Isabelle se versa un verre de champagne et le vida tout d'un coup.

Puis elle se réveilla. Elle s'était endormie le matin, avec ses enfants, lors de la première sieste à la garderie.

Pardon ?

Je n'en croyais pas mes oreilles.

Le plus sérieusement du monde, Renelle m'annonçait que mon texte érotico-macho sentait la femelle à plein nez. En matière de femelles, je le soupçonnais de s'y connaître pas mal mais en ce qui concernait les machos, j'avais de sérieux doutes.

— Tu es en train de me dire que mon histoire n'est pas crédible ?

— J'ai l'impression que c'est assez correspondant à ce que j'ai dit, me répondit-il en refaisant ses lèvres, assis sur le coin de mon bureau.

Je détestais l'admettre, mais j'avais appris avec le temps qu'il voyait toujours juste. Renelle avait quelques antennes de plus que tout le monde. Il savait percevoir les choses, les tendances et avait toujours su comment s'adapter. Dans son genre, c'était un précurseur.

Il rangeait son tube de rouge sans s'énerver.

— Ta nouvelle, ça ne tient pas debout… Les gars ne tuent pas les gens comme ça. Ça fait trop fif, ton affaire. C'est comme si, moi, je me mettais à écrire une histoire de sexe en essayant de penser comme une fille. On s'en rendrait compte !

— Pourquoi on s'en rendrait compte ? Tu es plus fille que nous autres !

— Oui, mais c'est pas pareil. Moi, j'aime toutes vos affaires, mais je ne parviens pas à penser comme vous autres. Tiens, je te donne un exemple : on va manger ensemble et toi tu vas rechercher la petite salade santé. Moi, je vais prendre les côtes levées et les frites.

— Oui, ben ça donne les résultats qu'on connaît !

Il avait serré les dents en me regardant. Je venais de le darder là où ça lui faisait le plus mal. Il avait mordu les lèvres et ses yeux s'étaient mouillés.

Devant ça, ça ne servait à rien, j'avais encore des réflexes de fille.

— Écoute, mon gros toutou, je m'excuse, je ne voulais pas dire ça…

Je venais à peine de prononcer ma phrase que je réalisais à quel point elle pouvait être blessante. Il se mit à chialer comme un veau en se cachant le nez dans son mouchoir.

— Arrête, dis-je tout doucement, ça va faire couler ton rimmel.

— Tu n'es pas fine!

— Toi non plus quand tu me dis que mes histoires ne sont pas bonnes!

Il ne répondit pas tout de suite, se contentant de pleurer doucement en s'essuyant le coin des yeux et le nez. Le problème, c'est que je voulais savoir où j'avais des problèmes avec cette nouvelle. Je l'avais relue une dizaine de fois et ça me semblait tout à fait conforme à ce que je lisais dans les journaux, jour après jour.

— Renelle, repris-je sans pitié, qu'est-ce qui cloche dans mon histoire?

— Ben moi, je sens que c'est une fille qui l'a écrite!

— Comment ça?

— Ça manque de sarcasme!

— Quoi?

— Tu as très bien compris! De toute façon, tu peux publier n'importe quoi, quand tu fais écrire une histoire par une fille, je le sais tout de suite!

— Comment ça?

— Comme ça!

— C'est parce que tu le sais!

— Non, ça se sent, ça se devine!

— Pourtant, quand j'ai demandé à Pluto Moumoutte de m'écrire une nouvelle, tu étais certaine que c'était une fille!

Je venais de l'atteindre. Il hésitait. Pluto était un de ses semblables et Renelle savait qu'il avait été berné quand le texte de Pluto avait été publié dans le magazine.

— C'est pas pareil, avait-il finalement répondu. Pluto, c'est la fusion des genres. Je ne l'ai jamais vu pas de culottes, mais... Mais, s'il écrivait une histoire de crime, ça sentirait le crime. Pas comme ton affaire...

Je me préparais à le congédier.

— Tu devrais appeler Luc...

— Luc?

— Oui, Luc, le flic des Laurentides. Tu te souviens, celui avec qui j'ai fait des photos de toi... Il y en avait une particulièrement bonne où tu étais expressive. Photographiquement parlant, évidemment.

— Qu'est-ce que Luc vient faire dans notre histoire?

— C'est un bœuf. Sans vouloir te gêner, évidemment. Mais tu devrais lui envoyer le texte. Moi, je te dis, c'est très féminin. Trop féminin.

Ses yeux et son nez étaient presque secs et j'avais toujours envie de le congédier, mais je me retenais. Renelle était le meilleur photographe de sa génération et plusieurs de nos publications lui devaient le succès qu'on avait. J'avais eu une faiblesse exhibitionniste un soir et j'avais, malheureusement, appelé Renelle. Depuis, très subtilement, il me rappelait cette soirée. Fréquemment. Sans cesse. Comme aujourd'hui. Et à chaque fois, je jouais l'ingénue, je faisais celle qui ne se souvenait pas. Comme s'il était dupe et comme s'il ne savait pas que je jouais à celle qui refusait de se souvenir.

J'avais rencontré Luc Pelletier, un policier, un an auparavant dans un hôtel où un gros épais m'avait harcelée.

Renelle était présent mais, trop fifille, il n'avait pas levé le petit doigt pour m'aider. Les policiers étaient finalement arrivés et j'avais eu une touche avec ce Luc Pelletier. À l'époque, j'étais célibataire. Le flic était beau. On avait finalement baisé et, excitée, j'avais appelé Renelle pour qu'il prenne des photos de Luc et moi en action.

Ça n'avait pas été la meilleure décision de ma vie, surtout que Luc m'avait prise par une entrée qui m'avait toujours semblé être une sortie. Ça m'avait fait mal, d'autant plus que Renelle avait été terriblement excité en prenant ses photos. La soirée s'était mal terminée. En colère, j'avais exigé de Renelle qu'il détruise tous les clichés et je l'avais mis à la porte en même temps que Luc qui, lui, réalisait quand même ce qui venait de se passer. Le lendemain matin, j'étais partie en laissant Renelle à l'hôtel pour l'obliger à revenir en autobus. Ma décision n'avait rien de génial. J'aurais dû songer à me garder au moins un allié.

Renelle m'en avait beaucoup voulu de cet abandon mais, au fil des mois, j'avais eu l'impression qu'il avait oublié ou qu'il ne voulait plus se souvenir. Jusqu'aux dernières semaines au cours desquelles il avait ramené cette soirée sur le tapis de façon insistante sans que je ne sache pourquoi.

— En tout cas, tu n'écris pas en gars, c'est tout ce que je peux te dire, lança-t-il finalement en se levant.

— Tu m'agaces! Dis-moi ce qui ne marche pas, au moins!

Renelle s'était arrêté à la porte.

— Appelle Luc. Fais-lui lire ton texte. Tu verras bien ce qu'il va te dire.

Il avait quitté mon bureau sans même me saluer. Et je décidai de revoir ce texte. Après ma lecture, je ne comprenais toujours pas ce qu'il voulait dire et lasse, j'ai décidé que la journée avait été assez longue, d'autant plus qu'il faisait toujours beau et que j'avais l'intention d'en profiter en flânant un peu sur une terrasse. J'ai pris mon texte, je l'ai mis dans une chemise et je suis partie.

J'attendais l'ascenseur quand Marie-Joe, la rédactrice en chef d'un des sites Internet de la compagnie, est arrivée. Souriante comme d'habitude, elle portait un tailleur beige, des escarpins, un collier très design et un bracelet. Avec cette tenue, c'était certain qu'elle n'allait pas me demander de prendre le métro avec moi, ce qu'elle faisait régulièrement puisqu'on habitait à deux rues de distance.

— Grosse soirée en perspective ? ne puis-je lui m'empêcher de lui demander.

— J'espère bien !, répondit-elle. Il a besoin d'être en forme !

— Un nouvel amoureux ?

— Je ne sais pas encore. C'est la deuxième fois que je le rencontre. Il me plaît beaucoup. Ce serait agréable que ça marche.

D'autres personnes arrivaient et elle cessa la conversation, au moment même où la porte de l'ascenseur s'ouvrait.

En silence, on s'est engouffrées dans la petite cage qui nous a emmenés au rez-de-chaussée. Après les salutations d'usage, tout le monde s'était séparé.

La terrasse du restaurant était constituée d'une petite cour intérieure aménagée avec goût. Les tables étaient d'une dimension normale et les chaises très modernes, très chic, sans donner dans le clinquant. Le serveur, après m'avoir reconnue, m'avait trouvé une table et m'avait apporté une bière. Il avait à peine eu le temps de repartir que je voyais Marie-Joe arriver avec un homme d'une trentaine d'années. Je devais admettre qu'elle avait un bon œil.

L'homme était de taille moyenne, mais mince. Il avait les cheveux châtains, assez longs pour son âge, une gueule de cinéma, avec une barbe de deux jours et portait un pantalon clair et une chemise à col ouvert. Compte tenu de l'heure, il n'avait évidemment pas eu le temps d'aller se changer et je me suis demandé quel métier ou profession lui permettait d'aller travailler dans une tenue aussi décontractée. À moins, bien sûr, qu'il ne soit en vacances, ce qui me semblait étonnant. Un homme en congé se donnerait-il la peine de se rendre dans la vieille ville pour rencontrer une femme? Il me semblait qu'il aurait plutôt organisé un petit souper à la maison auprès de la piscine. Quelque chose du genre. Tout, sauf une descente au centre-ville une fin d'après-midi de semaine ensoleillée.

Évidemment, je devais admettre que Marie-Joe valait le déplacement. À trente ans, cette femme paraissait n'avoir pas

plus que vingt-deux ou vingt-trois ans. Elle était bien propor-
tionnée, avait des jambes superbes et était d'une gentillesse
exquise. Son seul problème était de ne pas avoir choisi
la bonne coiffeuse. Elle avait toujours l'air de sortir d'un
couvent, ce que Renelle ne manquait jamais de lui signaler.
Elle avait des traits réguliers et bien dessinés et un ovale du
visage parfait. Je la regardais, en train de discuter avec le
serveur et je me disais que, sérieusement, il faudrait qu'elle
change de coiffeuse. Avec une chevelure un peu moins
militaire, elle ferait des ravages.

Le serveur avait l'air embêté en examinant la terrasse et
il reprit sa discussion avec Marie-Joe qui eut soudainement
l'air déçue. Elle laissa flotter son regard sur la terrasse pendant que le serveur, le cabaret à la main, s'éloignait. C'était
évident qu'on lui avait indiqué qu'il n'y avait plus de place.
Elle m'aperçut et s'avança vers moi. Dire que j'avais espéré
un petit moment de solitude.

— Marie-Ève, tu es seule?

J'ai failli répondre que j'attendais des amis.

— Oui, je suis seule.

— On peut se joindre à toi? Il n'y a plus de tables libres.

— Oui, bien sûr, dis-je en rangeant le magazine que
j'avais déposé sur la table en arrivant.

Une minute plus tard, elle faisait les présentations.
Il s'appelait Marc et il était concepteur de jeux vidéo. J'aurais dû y penser, dans le quartier, il y avait des centaines de

jeunes hommes comme lui, bourrés de pognon, jeunes, cool et brillants. Des centaines de femmes comme eux, également et tout ce beau monde fréquentait les cafés, buvait du Perrier et se promenait en BMW ou en Audi. La plupart étaient sympathiques, mais on sentait toujours entre eux une compétition féroce qui avait fini par me lasser. Marc semblait échapper à cette règle même s'il n'avait pas à être sur la défensive avec nous. On n'était pas du même univers et Marie-Joe et moi ne constituions pas un risque ou une menace pour lui.

Il commanda un verre et se leva pour disparaître à l'intérieur du restaurant.

— Comment le trouves-tu? demanda Marie-Joe.

— Beau garçon. Où l'as-tu trouvé?

— Il est venu faire un tour à la soirée pour l'ouverture de nos locaux.

— Ha oui? Une chance pour toi que je n'ai pas pu y aller! dis-je en souriant.

— C'est vrai, ça, on ne t'a pas vue de la soirée. Où étais-tu?

— Des problèmes de dernière minute avec une journaliste qui n'a pas livré le matériel promis. Il a fallu refaire une partie de la mise en page et ça m'a occupé une partie de la soirée. Après, j'étais tellement claquée que je suis rentrée directement à la maison. Ce sont des choses qui arrivent.

Marc revenait en discutant avec un autre homme. Pas du tout le même genre. Il était plus grand que Marc, plus carré,

plus massif et avait cette désinvolture des hommes qui se pré-
occupent peu de leur apparence, même s'il était fraîchement
rasé et que sa coupe de cheveux était impeccable. Il devait
avoir dix ans de plus que Marc et à le regarder, on percevait
qu'il avait l'habitude de naviguer en eaux troubles. Il affichait
au visage une bonhomie empreinte de méfiance qui indiquait
que négocier avec cet homme ne devait pas toujours être
facile. Il ne portait qu'un t-shirt, un jean et des mocassins et,
malgré tout, il prenait toute la place.

— Est-ce que François peut se joindre à nous ? demanda
Marc en arrivant à notre table.

— Bien sûr, répondit Marie-Joe sans me demander mon
avis, ce qui n'avait aucune importance parce que je voulais
que cet homme se joigne à nous.

Quand il s'est assis en croisant les jambes, j'ai quand
même remarqué qu'il était coquet. Il portait des chaussettes
rouges, ce qui était assez frappant.

François ne travaillait pas dans le monde de l'infor-
matique. Il était comptable pour le gouvernement et il se
spécialisait dans les fraudes fiscales.

Après avoir pris l'apéro, on a décidé de souper au restaurant. Il était près de vingt-trois heures quand Marie-Joe a
commencé à manifester son envie de partir. Marc ne semblait pas aussi pressé, mais je ne voulais pas m'attarder non
plus, de sorte que j'ai commandé l'addition.

— Où habites-tu ? m'avait demandé François.

— Dans le Nord de Montréal. Près de la station de métro Henri-Bourassa.

— J'habite à Laval. Je peux te laisser en passant.

Ça faisait mon affaire. Je n'avais aucune envie de prendre le métro à cette heure et j'aimais bien l'idée de me retrouver seule avec François. Marie-Joe m'avait embrassée avant de partir en me regardant avec un sourire narquois qui pouvait signifier qu'elle se promettait du bon temps avec Marc ou qu'elle me promettait la même chose avec François. Ce qui était une possibilité parce que ce type n'avait pas froid aux yeux et c'était clair qu'il m'avait dans sa mire, ce qu'il n'avait pas tenté de cacher pendant la soirée.

La voiture roulait lentement alors que je lui indiquais où j'habitais.

— Tu es certaine que tu ne veux pas qu'on aille ailleurs? Je n'ai pas envie de rentrer, dit François en se garant.

La perche était trop grosse pour que je ne la vois pas et je n'avais pas l'intention de faire l'aveugle.

— Je t'offre un verre? demandai-je. Il fait beau, on pourra s'installer sur le bord de la piscine.

Il avait évidemment accepté et deux minutes plus tard, après avoir enlevé mes chaussures et déposé mon texte sur la table, il était dans le jardin que j'avais illuminé pour mieux lui faire voir ma petite installation. Il était debout auprès de la piscine quand je suis revenue avec deux bières. Je me penchais pour les déposer sur une table, quand je l'ai vu arriver à ma hauteur. Le temps de me relever et j'étais dans ses bras. Ses lèvres se soudèrent aux miennes et je n'ai pas cherché à protester.

Je me suis laissée aller contre lui. Ses mains enserraient ma taille et me pressaient contre lui pendant que je l'enlaçais. Je sentais mes seins s'écraser contre sa poitrine et j'avais juste envie de lui enlever son t-shirt, de sentir sa peau sous mes doigts.

François embrassait très bien. Le baiser qu'il me rendait était prometteur de moments plus intenses, du moins je l'espérais. Mes intentions étaient nettement moins chastes que lors de notre arrivée.

Sous mes mains, je le sentais fébrile comme s'il bouillonnait par en dedans. Il était presque tendu et en appuyant les hanches contre les siennes, j'ai senti son sexe qui commençait à montrer des signes d'ardeur, ce qui m'a simplement fait augmenter l'intensité de mon baiser. Ma langue cherchait la sienne et je ne voulais plus quitter ses lèvres.

Il avait glissé les mains sur mes fesses et je ne trouvais rien à redire. J'espérais simplement qu'il ose aller plus loin. À la place, je le sentais qui essayait de se défaire de mon emprise, de quitter mes bras. Après avoir cessé de m'embrasser, il m'éloigna doucement en fixant un point précis du jardin puis, sans un mot, il s'éloigna pendant que je le regardais, perplexe. Rendu à la maison, il actionna un commutateur et plongea le jardin dans le noir pour ensuite revenir à moi.

Il reprit où il avait laissé. Ses lèvres heurtèrent tendrement les miennes pendant que ses mains, dans mon dos, abaissaient la fermeture éclair de ma jupe qui tomba au sol. Tout en l'embrassant, je sentis ses mains se glisser sous ma culotte et me caresser les fesses. J'étais déjà excitée et je le voulais autant qu'il me désirait. Ses mains remontèrent sous ma camisole et la soulevèrent, me forçant à l'abandonner et à lever les bras pour la laisser passer. Il me pressa de nouveau contre lui et l'agrafe de mon soutien-gorge ne résista pas plus que quelques secondes à sa pression. Il fit un pas en arrière pour me défaire du vêtement et me regarder. Sans dire un mot, il se rapprocha, colla sa bouche dans mon cou et entreprit de laisser courir ses lèvres jusqu'à un de mes seins.

De mes mains, j'avais pris sa tête pour mieux le guider. Sa bouche contre mon mamelon me fit frissonner, mais j'en voulais davantage. Mon ventre en voulait plus. Ses doigts, qui couraient sur mes côtes, provoquèrent une chair de poule intense qui constitua un déclencheur. Il était plus que temps que je passe à l'action aussi. Je n'avais certainement pas l'intention de passer la nuit en culotte devant un homme qui m'agaçait avec ses seules mains.

Je le forçai à revenir à mes lèvres pendant que mes mains se glissaient sous son t-shirt. J'aimais la sensation de mes doigts sur sa peau. C'était doux et j'avais envie de sentir mes seins contre cette poitrine velue. J'ai tout d'abord remonté le t-shirt pour me coller contre lui et bien sentir sa chaleur avant de poursuivre mon mouvement et le forcer à lever les bras pour que je puisse lui enlever le vêtement. Quand je l'ai laissé tomber, je me suis attaquée directement à sa ceinture, le souffle un peu plus court que ce que j'aurais voulu.

Depuis quelques instants, quand je me pressais contre lui, je réalisais très bien l'effet que je lui faisais et j'avais hâte de le voir en érection.

La ceinture défaite, la paume d'une de mes mains s'est glissée dans son slip lentement. J'aimais sentir son ventre se creuser sous le passage de ma main et j'aimais deviner, sur le dessus de ma main, le sexe allongé que je suivais. Collée contre lui, j'ai caressé sa verge, la palpant et appréciant sa chaleur et sa douceur. L'humidité de l'extrémité du sexe en disait long sur son degré d'excitation, mais il pouvait se retenir un bon moment encore.

Finalement, je l'ai débarrassé de son jean et ensuite de son slip pour ne lui laisser que ses chaussettes rouges qu'il enleva en se penchant rapidement avant de revenir contre moi et plonger les mains sur mes hanches, sous ma culotte pour la forcer à glisser le long de mes jambes.

Nue, je me suis plaquée contre lui, son pénis collé à ma taille, ferme et chaud.

Ses lèvres étaient venues retrouver les miennes et ses mains caressaient mes fesses quand il a bougé un peu. Je l'embrassais passionnément quand j'ai senti qu'on ouvrait mes lèvres et qu'un doigt se glissait dans la moiteur qui s'y trouvait. Son doigt glissait lentement sur mon clitoris, provoquant des vagues de chaleur délicieuses qui, je l'espérais, n'étaient guère que l'entrée du menu.

Sa main tout entière était maintenant appuyée sur mon sexe et un de ses doigts avait plongé à l'intérieur du vagin tout en faisant pression sur mon clitoris. Cette fois, des frissons assez puissants s'emparèrent de moi et instinctivement, j'ai cherché son pénis de mes mains.

C'était doux. Mes doigts dessinaient dans ma tête l'objet de ma convoitise et c'était cette image que je conserverais quand il me prendrait tout à l'heure.

Il coupa net mes réflexions en repliant un doigt en moi et en frottant une partie de l'intérieur de mon vagin qui me coupait les jambes chaque fois qu'on atteignait cette zone. Quand il avait touché ce point un peu rugueux, je m'étais mise sous tension. C'était intense, fort, mais, surtout, continu. Rien à voir avec les attouchements au clitoris. La pression de la paume de sa main sur mon clitoris ajoutait à la tension qui venait de s'installer en moi, mais elle n'était qu'accessoire.

Il poursuivit les passages de son doigt dans mon ventre pendant que j'avais l'impression que je commençais à manquer d'air. Je m'étais accrochée à lui, désespérément et il avait entouré ma taille de son bras en me sentant ramollir. Entre mes cuisses, le survoltage se poursuivait et je savais que je ne pourrais résister bien longtemps. Je n'avais d'ailleurs aucune intention de lutter et, en serrant les dents pour m'empêcher de crier, j'ai constaté que tout mon corps était devenu dur, tendu, au point que mes jambes me faisaient presque mal.

Mon ventre se mit à faire des soubresauts incontrôlables et mes mains tremblaient pendant que, sans pitié, il poursuivait les passages de son doigt dans mon ventre. Une espèce de voile passa sous mes paupières pendant qu'un son étouffé, long et guttural s'échappait de ma gorge. Puis, soudainement, tous mes muscles sont entrés en action pour me faire trembler de partout, m'obliger à m'arracher à lui, pendant qu'une décharge électrique majeure courait en moi et me transformait en poupée de chiffon. Une chaleur humide s'échappa de mon ventre vers mes cuisses pendant que je me sentais faiblir et que François me soutenait en me plaquant à lui.

Son doigt repassait dans mon ventre et provoquait de nouvelles vagues, toutes aussi violentes que la première et, en haletant, j'ai enfin réussi à attraper sa main pour tenter de l'obliger à s'arrêter.

J'étais plus forte que je ne l'aurais cru, car j'ai réussi à la forcer à abandonner mon intérieur, sans être capable de l'enlever de mon sexe. Mais la présence de sa main et de ses doigts entre mes lèvres constituait des caresses apaisantes après ce que je venais de subir.

Il m'a gardée collée contre lui, haletante et frissonnante, le temps que je retrouve mon calme. Quand j'ai reculé un peu et que je lui ai pris la tête de mes deux mains en souriant, il m'a souri aussi.

— C'était bon, dis-je dans un souffle en avançant vers lui pour goûter ses lèvres.

Mes mains encore tremblantes s'étaient dirigées toutes seules vers son ventre et palpaient son sexe rigide en me procurant certains regrets. Il était encore vigoureux. Très vigoureux. Je pouvais m'amuser un bon moment encore et j'esquissai un geste pour me pencher vers lui.

François arrêta mon geste en me prenant par les épaules pour me retourner et me forcer à me pencher pour prendre appui sur les accoudoirs du fauteuil de jardin. Les hanches ainsi offertes, je l'ai senti tout contre mes cuisses en même temps qu'une masse ronde et humide s'appuyait sur mes lèvres. Son pénis glissa dans mon ventre lentement et j'avais écarté les jambes un peu pour lui faciliter le passage.

Les mains de François me retenaient par la taille pour empêcher mon bassin de lui échapper et il entreprit un va-et-vient entre mes cuisses qui me provoqua de nouvelles sensations, moins fortes, mais plus répétitives et plus soutenues.

Ses passages commençaient à me remettre sous tension et j'avais l'impression que François enflait entre mes jambes, à chaque passage, tellement je resserrais le passage pour le forcer à venir. La friction devenait de plus en plus forte et je sentais une autre excitation monter en moi. Une chaleur différente de ce que j'avais ressenti quelques minutes plus tôt. C'était moins violent mais plus envahissant, comme une énergie qui s'accumulait avant de chercher à se libérer.

Entre mes cuisses, François avait augmenté sa cadence et je faisais tout pour qu'il explose en moi. Pourtant, il tenait le coup et j'ai senti mon ventre se durcir de nouveau quand, de ma main, j'ai placé un doigt pour torturer gentiment mon clitoris. Mes caresses, alliées au passage de son sexe dans mon ventre, ont vite fait de me faire faiblir et j'allais m'abandonner quand j'ai été obligée de cesser de me caresser, ce qui m'a permis de repousser la vague que je sentais m'envahir.

Quelques instants après, en m'humectant les lèvres, j'ai songé à recommencer à me caresser, mais je savais que je n'en aurais probablement plus la force.

J'entendais son pénis passer entre mes cuisses et ce bruit me rendait folle. Pour l'accompagner, je me suis mise à bouger le bassin, même s'il tentait de m'en empêcher en me retenant solidement des deux mains.

Sans prévenir, brutalement, il a plongé dans mon ventre, très profondément en bloquant mes hanches contre son ventre. J'ai ouvert la bouche pour tenter d'échapper un cri de surprise quand j'ai senti un tremblement s'emparer de moi, partir de ma nuque et descendre à une vitesse prodigieuse jusqu'à mon ventre et mes cuisses. En cherchant un peu d'air, j'entendais François qui geignait derrière moi, immobile, soudé à mes fesses.

Après quelques instants dans cette position à écouter nos bouches traduire la violence de nos orgasmes, j'ai senti la prise des mains de François sur mes hanches se relâcher.

Refusant de bouger, je l'ai laissé me quitter lentement jusqu'à ce que je sente mes lèvres se refermer sur le gland qui s'éloignait. François était resté debout derrière moi, me caressant les fesses pendant que j'atterrissais. Je me suis enfin relevée pour me retourner et l'embrasser. Sur mes cuisses, je sentais une chaleur liquide qui tentait de s'échapper.

J'avais les seins encore sensibles et le contact avec sa poitrine me fit frémir de nouveau. Sur mon ventre, je sentais son sexe qui se détendait lentement.

François se détacha de moi et se dirigea vers la table où j'avais posé les bières. Il prit une bouteille et avala une longue gorgée. Je suis allée le rejoindre, moi aussi assoiffée.

J'étais auprès de lui, la main sur ses fesses, une bouteille dans l'autre main, béate de bonheur et de plaisir.

— J'aurais été très déçu si tu n'avais pas accepté que je te raccompagne, dit doucement François.

— Honnêtement, je ne pensais pas finir la soirée comme ça, répondis-je.

— C'est déjà fini?

Il me faisait rire. L'idée de reprendre nos ébats était plaisante.

— Tu dois rentrer chez toi?

Je posais toujours la question. Pour me rassurer ou me dire de ne pas me faire d'illusions.

— Je n'ai rien ni personne qui m'attend. Même pas un chat. Pourquoi?

— Pour savoir. Je n'ai pas envie de te voir partir tout de suite.

— Je n'en avais pas l'intention ! Il fait encore chaud et j'ai une compagne bien agréable pour l'instant. Ça va peut-être avoir l'air idiot, ce que je vais demander, mais j'aimerais savoir si on peut se revoir…

— J'espère bien !

J'avais répondu sans réfléchir, spontanément. Je n'allais quand même pas le laisser fuir à la première occasion !

— Tant mieux, dit-il, en se rapprochant. Je dois te dire que ça fait longtemps que je n'ai pas eu de réactions semblables avec une femme. C'est assez fou, l'effet que tu me fais. Je te touche et j'ai juste envie de te prendre dans mes bras.

— Agréable à entendre. Disons que j'ai aussi de petites clochettes qui tintent quand tu me touches. C'est assez curieux, quand tu es arrivé, j'avais l'impression que tu n'étais pas un homme facile d'approche. Je te sentais froid, un peu distant, même.

J'avais éclaté de rire.

— Pour un peu, repris-je en riant, je me serais attaquée à Marc, si Marie-Joe n'avait pas été là. J'aurais fait une méchante erreur !

— Tu crois ?

— Je pense, oui. Marc est gentil, mais je ne me vois pas ici, nue avec lui.

— Tu ne te voyais pas ici, nue avec moi, non plus.

— Honnêtement, je souhaitais que ça arrive. Je n'aurais pas fait les premiers pas, mais j'espérais qu'il se passe quelque chose. Je ne pensais pas que ce serait si rapide, par contre.

— Viens, coupa-t-il, on va se baigner.

L'eau était fraîche et j'ai hésité avant de plonger complètement. François faisait déjà quelques brasses et revint vers moi. J'avais de l'eau jusqu'au cou et quand il prit pied, je notai pour la première fois la taille de ses épaules. Sans dire un mot, je l'ai pris par le cou pour me coller contre lui.

Ses mains ont immédiatement pris mes fesses et j'ai passé mes jambes autour de sa taille pendant qu'il entreprenait de marcher à reculons, en me transportant facilement et en me laissant l'embrasser de petits baiser furtifs.

J'adorais me sentir contre lui, savoir mes seins contre les siens, avoir sa taille entre mes cuisses.

Cet homme me donnait des chaleurs, même dans l'eau et je sentais mon sexe qui faisait des siennes. Je savais que j'étais encore humide et que j'étais prête à être prise. Mon problème, c'est que je savais également l'effet de l'eau froide sur les hommes. Rien pour aider une femme !

J'ai ouvert les cuisses pour l'abandonner avant de glisser sa main vers son sexe. Comme je m'y attendais, les testicules s'étaient faits discrets, mais le pénis semblait en état de marche. En le massant de la paume de la main, en repoussant doucement le prépuce, j'ai senti qu'il reprenait de la vigueur. Quand il fut droit et dur, j'ai regardé François dans les yeux.

— Tu viens en moi?

— Ça ne te fait pas peur?

— Quoi? Qu'on reste collés? C'est une légende urbaine, ça!

J'avais repassé mes jambes autour de sa taille et j'ai senti immédiatement le gland du pénis venir se blottir contre mes lèvres, ce qui m'a fait soupirer. Le sexe est entré douce-ment en moi et j'ai placé ma tête sur l'épaule de François. Je ne cherchais plus l'explosion. Je voulais juste le sentir en moi. L'eau m'apaisait et j'étais prête à l'accueillir aussi longtemps qu'il le voudrait.

Ça faisait dix minutes que François m'avait prise et c'était toujours aussi bon. De temps en temps, je refermais un peu mon vagin pour l'empêcher de perdre son érection en espérant qu'il reste encore là.

Il nous avait dirigés vers les marches de la piscine et m'y avait déposée avant d'entreprendre un lent va-et-vient dans mon ventre. J'avais ouvert et relevé les jambes pour mieux l'accueillir et je le regardais passionnément entrer et sortir de moi. C'était assez étrange, mais je ne recherchais aucune jouissance. J'étais juste bien de le voir faire et de le sentir et j'espérais qu'il éjacule bientôt pour pouvoir le serrer ensuite contre moi. Appuyé sur ses deux bras au-dessus de moi, je vis son visage se crisper alors qu'il ouvrait la bouche comme s'il avait mal. Dans mon ventre, j'avais senti une brève chaleur et je me sentais heureuse. Je n'avais pas besoin de plus que cela, ce soir.

J'ai attiré François à moi et je l'ai laissé se reposer un moment. Quand son sexe s'est détaché du mien, je l'ai forcé à se relever. Je lui ai pris la main et je l'ai entraîné vers ma chambre. J'aurais bien le temps, le lendemain, de venir chercher nos vêtements.

Quand je me suis éveillée, j'étais seule mais j'entendais la radio qui jouait dans la cuisine.

François était à la table, habillé, en train de lire mon texte. Mes vêtements étaient sur une chaise, pliés correctement.

— Bonjour, me dit-il, un peu mal à l'aise. C'était sur la table, alors je me suis permis de le lire.

— C'est fait pour ça, de toute façon. Qu'est-ce que tu en penses?

— Ben…

Je n'aimais pas cette hésitation qui me fait penser à Renelle.

— C'est bizarre, reprit François. Moi je ne l'aurais pas empoisonné, ce type. Il me semble que j'aurais eu une réaction plus vive. Le poison, ça exige d'être patient, si on veut se venger. Mais là… Moi, je me serais attendu à une réaction immédiate. Un coup de bouteille ou un coup de couteau… Quelque chose du genre. Bon, en attendant, je dois partir. Il faut que je passe à la maison pour me changer.

Il m'avait embrassée en me promettant de revenir le soir même, ce qui m'avait mise de bonne humeur. Autre chose aussi qui me mettait de bonne humeur, c'est que François m'avait révélé ce que Renelle avait voulu dire la veille et je n'aurais que cinq minutes d'écriture pour rectifier le tir et rendre ce texte plus « macho ».

Quand je suis arrivée au bureau, Marie-Joe attendait l'ascenseur.

La porte s'ouvrit et on y monta.

— Tu crois que je devrais me laisser pousser les cheveux, Marie-Ève ?

Enfin, elle se décidait !

— Je pense que ça te ferait bien.

— Je crois que je vais essayer. J'ai toujours eu les cheveux très courts, mais là…

— Je pense qu'il y a un peu de Marc dans cette décision.

Elle avait ri de bon cœur.

Quand la porte s'était ouverte, Renelle était là, à nous regarder entrer. Il donna un petit coup de tête sur le côté et se mit à sourire.

— Vous avez les yeux bordés de reconnaissance, vous deux !

Sans répondre, mais en souriant, Marie-Joe et moi avions regagné nos bureaux.

Plaisir d'été

Après avoir obtenu mon diplôme et un emploi d'enseignante, je ne pensais vraiment pas que j'allais attendre les vacances avec autant d'impatience. Non seulement j'aspirais au calme et à la tranquillité, mais j'avais également besoin d'évasion, ce que ne me permettait pas mon budget. J'avais donc décidé de me lancer à la découverte de ma région d'adoption et j'avais fini par dénicher des endroits purement splendides, privés et, surtout, connus de moi seule. Du moins, c'est ce que je croyais.

Un après-midi, alors qu'une vague de chaleur étouffait le village, j'ai pris la route qui menait dans le bois voisin, en bordure d'une petite rivière où coulait une petite chute, avec l'intention arrêtée de me rafraîchir.

L'endroit était isolé et j'étais demeurée discrète à ce sujet, désirant pouvoir en profiter à ma guise. Arrivée sur les lieux, j'ai déposé toutes mes affaires et me suis débarrassé de mes vêtements. Que c'était bon de sentir la brise chaude caresser ma peau entièrement dénudée!

Pressée, j'ai couru vers la rivière pour y plonger. Je nageais lorsque j'ai été surprise par un bruit inhabituel. Je me suis retournée vers la rive et je l'ai aperçu sur la berge, à côté de mes vêtements. Le garçon était mignon et je l'avais souvent croisé dans les sentiers, mais jamais je ne me serais imaginé qu'il pouvait pousser l'audace jusqu'à me suivre dans ce boisé dont je me sentais un peu propriétaire.

Je rougissais en songeait qu'il l'avait peut-être fait auparavant et qu'il avait peut-être été témoin des petits plaisirs auxquels je m'étais adonnée en solitaire.

Je ne savais pas trop si je devais rester dans l'eau ou en ressortir et me couvrir.

Je n'avais pas eu à me poser longtemps la question. Après quelques secondes, il me demanda s'il pouvait se joindre à moi en me signalant que la chaleur était insoutenable. Je pouvais bien comprendre qu'il avait aussi chaud que moi, mais je me doutais bien qu'il n'y avait pas que la chaleur qui le poussait à venir me rejoindre. Malgré mon trouble évident, j'ai accepté. Mes baignades en solitaire étaient revigorantes, mais pas aussi plaisantes qu'à deux!

Subjuguée par ses yeux, je me suis avancée dans l'eau dans sa direction en me sentant troublée à la fois par la peur et le désir.

Je m'étais quand même arrêtée à une certaine distance de lui, mais il m'avoua que je pouvais me rapprocher davantage puisque la vue de mon corps ne lui était pas du tout étrangère.

Son regard perçant m'envoûtait et je m'approchais de plus en plus si bien qu'il était tellement près de moi que je pouvais facilement le toucher. L'envie était trop forte. Ma main glissa sur son torse bronzé qui luisait au soleil. Le contact de sa peau, ses yeux rivés dans les miens, tout ça m'excitait terriblement.

Je me suis approchée encore plus pour pouvoir le toucher de mes lèvres et de mes mains, j'ai attiré sa tête pour le ramener encore plus vers moi. Après avoir atteint sa bouche, ma langue cherchait la sienne, je sentais ses mains, qui avaient pris mes hanches, chercher la rondeur de mes fesses. Il m'a ensuite plaquée contre lui pour me faire sentir sa queue excitée contre mon pubis.

Il m'excitait de plus en plus, mais je n'avais pas encore vu ce que je voulais voir.

Je me suis arrachée à son étreinte et je me suis dirigée à la nage vers une petite chute. J'ai jeté un regard dans sa direction, et satisfaite, j'ai vu qu'il me suivait. Je savais qu'à cet endroit mes yeux pourraient mieux assouvir leur curiosité.

Je l'ai invité à venir me rejoindre en lui désignant l'endroit où nous pourrions être tout à fait confortables.

Étendus l'un auprès de l'autre, j'avais pris appui sur mon bras replié et, de l'autre main, je jouais avec les gouttes d'eau qui miroitaient sur son corps. La vue de ce corps musclé et bronzé était trop tentante et m'a fait craquer juste à l'idée de lécher son corps tout ruisselant.

Je me suis placée au dessus de lui, à quatre pattes. Après des baisers furtifs, je me suis mise en quête de l'explorer entièrement, goûtant chaque parcelle de sa peau qui se trouvait à ma portée. Malgré la chaleur environnante, mes baisers provoquaient chez lui de légers frissons.

Son sexe était si invitant! Si j'avais agi sous le coup de l'impulsion, je l'aurais complètement englouti sans même lui laisser le temps de prendre son souffle… mais je désirais le faire « souffrir » un peu.

Pour faire durer le plaisir, je lui bécotais l'intérieur des cuisses tout en alternant d'un côté à l'autre en m'arrêtant sur les testicules au passage. Son sexe était fébrile et quand je l'ai senti mûr pour le grand jeu, je lui sucé les testicules longtemps avant de parcourir de ma langue sa grosse verge de la base jusqu'à son gland, tout doucement.

Arrivée à son sommet, avant même qu'il ne puisse même réagir, j'ai englouti d'une traite son membre, l'attirant au fond de ma gorge. Frénétiquement j'aspirais jusqu'à ce que n'en pouvant plus il explose à grands jets dans ma bouche! Il avait éjaculé tellement de sperme que je n'avais pas réussi à tout garder dans ma bouche.

Je suis remontée, refaisant le chemin que j'avais parcouru un peu plus tôt, laissant les traces de mes baisers mouillés sur sa peau ruisselante de sueur jusqu'à ce que nos lèvres se rencontrent à nouveau.

Il m'a à ce moment glissé à l'oreille qu'il avait envie de me pénétrer. J'aurais adoré... mais nous n'avions, ni l'un ni l'autre, de condoms. Il avait été compréhensif et avait accepté mon refus, mais en me faisant d'abord promettre que nous n'en resterions pas là !

Je lui ai promis de le revoir, mais je l'ai invité quand même à me faire plaisir. Le condom, pour ce que je réclamais à l'instant, n'était pas nécessaire ! Mais je voulais nager de nouveau et une baignade dans la rivière s'imposait !

Après avoir nagé, nous sommes arrivés tout à côté d'un rocher et il m'a enlacée et embrassée avidement, me laissant deviner que le reste allait être très agréable ! Ses mains se baladaient sur mon corps, avec un intérêt marqué pour ma poitrine. Mes mamelons pointaient allégrement et de les sentir si bien entre ses doigts lui a donné envie de les déguster ce à quoi je n'allais certainement pas m'opposer !

Alors qu'il me malaxait les seins avec beaucoup d'ardeur et qu'il faisait monter en moi de belles vagues de plaisir, une de ses mains s'était attardée à ma vulve et écartait ensuite mes petites lèvres pour bien lui laisser sentir mon clitoris gonflé d'excitation. J'en râlais de plaisir ! Je n'en pouvais plus, je devais le sentir en moi maintenant ! Il m'excitait tellement qu'il n'aurait pas pu jouer très longtemps au jeu que je lui avais imposé plus tôt. J'en étais incapable ! Tout mon corps l'appelait vers mon sexe !

Je me suis dégagée de son emprise le temps de me sortir de l'eau et de m'étendre dos à la grande roche plate qui jouxtait le niveau de la rivière.

De ma main, je l'ai invité à revenir vers moi et je lui ai indiqué comment j'aimais être caressée. Quelle extase lorsque j'ai senti sa langue toute chaude lécher ma vulve déjà mouillée ! Sa langue m'enchantait ! Jusqu'à ce jour, il y avait peu d'hommes qui étaient arrivés à m'amener si rapidement à l'orgasme. Sa langue s'acharnait sur mon clitoris gonflé à bloc par l'excitation. Il alternait de temps à autre allant alors enfoncer sa langue profondément dans mon vagin. Je sentais alors sa langue durcie me pénétrer rageusement pour ensuite revenir à ce petit bouton rosé qui allait très rapidement me propulser vers la jouissance que je souhaitais tellement ! C'était délirant !

Pendant que je reprenais mes esprits, il est sorti de l'eau et est venu s'étendre à mes côtés. Nous étions tous les deux nus au milieu de nulle part, baignés par le soleil et repus par ce moment de douce folie. Tous les ingrédients s'y trouvaient pour nous souder l'un à l'autre pour longtemps.

Heureusement, il y en a eut d'autres moments semblables avec lui...

Beauté nue

« Enfin, mon rêve se réalise ! »

Assise confortablement dans le siège A de la rangée 24 du Boeing 747 d'Air France en partance pour Paris, Saskia se pinçait pour être certaine qu'elle ne rêvait pas.

Depuis le temps…

« Oui, depuis le temps que j'y pense. Je souhaitais tellement me rendre dans la Ville Lumière et enfin voir de près les chefs-d'œuvre de tous ces grands. Je ne sais pas par où commencer, mais comme j'y vais pour un mois, je devrais avoir amplement le temps de tout découvrir. »

Saskia, du haut de ses 29 ans, et c'est le cas de le dire, flottait littéralement sur un nuage dès que l'avion eut décollé de l'aéroport de Montréal. Elle avait gagné ce voyage en France en participant à un concours amateur de peinture. Après des études en arts à l'Université de Montréal, la belle, la très belle Saskia a voulu faire de la peinture une carrière.

Depuis l'obtention de son diplôme, elle avait ouvert un petit atelier où elle créait ses œuvres. Puis, de fil en aiguille, des propriétaires de petites galeries l'ont contactée pour exposer ses toiles. Vinrent ensuite des galeries de renom. Les œuvres de Saskia meublaient les murs de galeries d'art d'un peu partout, de Québec à Chicoutimi, de Bromont à Mont-Laurier.

Elle se spécialisait dans les nus, de superbes nus, des femmes et des hommes. La plupart de ses toiles sortaient de son imaginaire. Elle créait des corps d'adonis à partir de son imagination. Des bustes masculins qui la faisaient fantasmer au fur et à mesure qu'elle donnait ses coups de pinceaux. Elle créait de plus des déesses. Elle peignait des corps de femmes d'une beauté incroyable comme si elle voulait transposer son propre corps sur une toile.

Saskia était célibataire, mais faisait rêver tous les hommes de son entourage. Quand elle marchait, près de son petit studio au centre-ville, pour se changer les idées, sa démarche élégante et svelte était facilement remarquable. Elle savait qu'elle plaisait aux hommes.

Mais, renfermée sur elle-même, elle passait de longues, très longues journées dans son petit atelier à peindre. Elle ne sortait guère.

Elle feuilletait toutes les revues qu'elle pouvait trouver à la recherche d'un autre corps à peindre, une nouvelle position à lui donner. Quand les amateurs d'art découvraient ses œuvres dans l'une ou l'autre des galeries d'art de la province, ils étaient tout simplement émerveillés par la sensualité qu'elle parvenait à faire émaner de ses modèles sortis tout droit de son cœur. Chez les hommes, elle avait cette facilité à former des lignes qui révélaient l'intimité, laissant le spectateur deviner les formes des parties sexuelles car elle en cachait toujours une petite partie avec soit la jambe, soit la main ou alors elle lui imposait une position plus assise. Avec les femmes, c'était différent. Elle se laissait aller, elle dévoilait tous les secrets intimes. Chacune de ses peintures révélait les beautés féminines sans aucune gêne. Lorsqu'elle peignait un nu féminin, Saskia se dévêtait. Toute nue, elle ne manquait pas d'imagination. Elle se regardait dans un miroir et reproduisait ce qu'elle voyait sur une toile. En fait, la plupart de ses œuvres étaient des copies de son propre corps. Elle adorait son corps. Combien d'heures passait-elle à l'admirer? Sensuelle, elle se stimulait en laissant errer ses pinceaux sur sa nuque, ses seins, ses fesses, ses jambes.

On lui demandait souvent si ses peintures étaient le reflet de son propre corps. Elle était trop gênée pour répondre de façon affirmative.

Ses nus de couples s'envolaient aussi comme des petits pains chauds. Saskia avait beaucoup d'imagination pour recréer des scènes lascives d'amour entre un homme et une femme. Elle les peignait alors qu'ils faisaient l'amour, elle arrêtait le temps quand l'homme pénétrait la femme, laissant le spectateur languir devant ce moment orgasmique.

Ou encore quand elle imaginait la femme, elle, en fait, parvenir à l'extase bien recroquevillée sur les cuisses de l'homme, elle imaginait que lui, avec sa longue chevelure blonde, lui flattait les cheveux et les seins. Saskia choisissait avec soins les couleurs qui s'agençaient fort bien avec le reste du décor, toujours un décor sobre car l'attrait principal de ses œuvres était sa marque de commerce : la sensualité dans tout son ensemble.

Elle avait appris à découvrir les grands maîtres de la peinture. Monet, Cézanne, Renoir, Van Gogh, Picasso, Da Vinci et Rembrandt. De ce dernier, elle était jalouse car elle aurait aimé lui servir de modèle comme cette Saskia, la beauté préférée de Rembrandt, dans les années 1630.

Saskia rêvait de poser nue.

« En arrivant à Paris, je file directement au Musée du Louvre. Je veux aller admirer la Joconde. »

La Joconde de Da Vinci la fascinait plus que tout. Bien que le grand peintre avait reproduit l'image d'une amie, Saskia s'imaginait voir La Joconde dans son plus simple appareil.

Elle se voyait aussi à la place de la femme de Monet qu'il utilisait souvent dans ses conceptions. Saskia se voyait nue, à courir dans un champ devant le grand Monet qui la transposait sur une toile.

Alors que l'avion s'apprêtait à se poser sur la piste de l'aéroport D'Orly, Saskia rangea les revues qu'elle avait apportées pour passer le temps. Vogue, Femme, tous ces magazines où l'on voit des corps magnifiques orner les pages. Elle s'en servait comme inspiration. Elle prenait la tête d'un mannequin mais peignait son propre corps. Parfois, elle exagérait la grosseur de ses seins, la longueur de ses cheveux.

Elle n'avait jamais dit à quiconque ce rêve qui la tenaillait depuis plusieurs années. Elle aurait pu poser nue pour n'importe quel artiste-peintre de Montréal mais elle préférait attendre le grand moment où elle rencontrerait LE peintre qui l'immortaliserait, nue, sur une toile. Elle qui se servait souvent de son propre corps, elle avait hâte de voir de quelle façon un tel artiste la peindrait.

Saskia faisait partie des peintres unis du centre-ville, mais elle était plutôt bohème. Sa façon bien particulière de peindre l'isolait des autres qui se contentaient de peindre des paysages hivernaux, des escaliers tortueux extérieurs qui fourmillent à Montréal, des scènes du Vieux-Port. Chaque fois qu'elle allait à un vernissage, elle s'imaginait toujours se voir nue dans une de ces peintures. Sans nudité, Saskia ne croyait pas à la peinture.

Après avoir laissé ses bagages à l'hôtel Dumaine du boulevard des Archereaux, elle prit le métro à la station Riquet, direction Musée du Louvre.

Elle détournait bien sûr tous les regards dans le métro parisien. Saskia portait un jean très moulé et un chandail léger, sans soutien-gorge, qui laissait voir à peu près toute sa poitrine. Elle aimait provoquer les sens, surtout ceux des hommes.

« Enfin, la voici cette Joconde. »

Après une longue marche dans les halls du Musée du Louvre, Saskia aboutit finalement devant la fameuse Joconde. Elle passa trente minutes devant sans bouger.

Imaginez si Leonardo l'avait peinte nue !

Elle fit ensuite le tour des premières salles où sont exposées les toiles de Cézanne, Renoir et Monet.

C'était leur époque et, déjà, peindre une femme nue était très provoquant. Mais ces grands maîtres avaient tout de même une certaine pudeur. « Avoir vécu à cette époque, mes toiles auraient fait fureur. Jamais, dans ce temps-là, on aurait osé peindre un homme en érection s'apprêtant à pénétrer une femme ou une femme faisant une fellation à un homme. »

Les toiles de Saskia qui montraient une femme faisant une fellation à un bel adonis en jouissance ornaient les murs de plusieurs collectionneurs. En fait, c'était elle qui faisait une fellation aux mannequins qu'elle créait, aux fantasmes à qui elle donnait la vie.

« Assez pour aujourd'hui, je reviendrai demain. »

Au lieu de retourner à son hôtel en métro, Saskia décida de découvrir Paris en marchant. Elle traversait les Champs Élysées quand elle décida d'aller s'asseoir au comptoir du petit café Armand, sympa. Elle commanda un pastis que le garçon s'empressa de lui servir, les yeux bien plongés dans le décolleté de sa cliente québécoise.

— À votre santé, cousine!

— Je lève aussi mon verre à votre santé, mademoiselle. Euh, mademoiselle comment?

— Saskia… Saskia monsieur.

— Saskia? Tiens, comme Saskia, la muse de Rembrandt?

— Vous connaissez l'art, monsieur? Monsieur…

— Je m'excuse de mon impolitesse. Mon nom est Philippe, Philippe Rivard.

Un grand gaillard dans la quarantaine, cheveux poivre et sel, élégamment vêtu, très bonne élocution. Saskia le voyait tout de suite sur une de ses toiles.

«Il me semble que je nous verrais faisant l'amour dans mon studio, se disait-elle. Ce serait une toile superbe.»

— Vous m'avez bien dit Philippe Rivard? Le peintre?

— Pour vous servir, chère demoiselle.

Philippe Rivard avait acquis ses lettres de noblesse dans la peinture, en Europe. Bien connu en Amérique, il connaissait de grands succès en exposant à Paris, à Toulouse, à Milan, à Lausanne, à Bruxelles. Ces œuvres se retrouvaient dans les grands livres d'arts du monde. Il était de la lignée des grands maîtres et sa spécialité était de peindre des femmes, mais il ne faisait jamais de nu. Saskia le connaissait de nom. Elle avait déjà lu beaucoup sur ce Philippe. Elle avait déjà dit que

Rivard, s'il présentait des œuvres de femmes nues, connaîtrait encore plus de succès.

— Que faites-vous à Paris?

«Alors, j'engage la conversation? Ce n'est pas tous les jours que j'ai la chance de me retrouver avec un peintre de grand renom? Et, sait-on jamais où ça pourrait mener.»

— Comme vous, je suis artiste-peintre et je voulais venir en France, visiter les plus belles galeries.

— Ah bon. N'auriez-vous pas, par hasard, des photos de vos toiles?

Saskia transportait toujours avec elle une dizaine de photos de ses plus belles toiles, dont celles où elle se fait pénétrer par le bel adonis ou encore celle où elle lui fait une fellation.

— Quel style. Assez particulier je dois dire.

Philippe salivait juste à la vue des photos. Lui qui peignait des corps de femmes, mais habillées, dans des décors surgis de nulle part. Cette fois, il voyait des corps de femmes sublimes, aux rondeurs qui font rêver et, devant lui, l'artiste responsable de ces créations érotiques, une artiste toute aussi sensuelle que les femmes sur les photos.

— Où prenez-vous vos mannequins? Ils doivent être assez rares à trouver pour des positions de ce genre?

— Je n'ai jamais de mannequins. J'invente pour les hommes et...

— Et pour les femmes?

Saskia n'avait jamais révélé à quiconque qu'elle utilisait son propre corps, le modifiant parfois, diminuant la grosseur de ses seins, augmentant le volume de son sexe qui laissait entrevoir son vagin invitant. Allait-elle oser dire à ce grand maître que ce qu'il voyait, en somme, était un mélange imaginatif et conceptuel du corps réel qu'il avait devant lui?

— Et... pour les femmes. Elles sont si, comment dire, si sensuelles. À faire rêver tout homme.

— Et bien, c'est moi.

— Pardon?

— Oui, c'est moi que vous voyez sur ces photos.

Philippe la dévisagea de haut en bas, s'arrêtant sur sa poitrine. Il regardait à nouveau les photos, puis continua à admirer Saskia. Il n'avait jamais entendu parler d'aucun peintre qui s'adonnait à de tels autoportraits.

— Qu'en pensez-vous Philippe?

— Vous êtes, euh, vous êtes tout à fait, euh, admirable. C'est vraiment vous? Pourtant, ces visages ne vous ressemblent pas.

— Vous avez raison, j'imagine chaque fois de nouveaux visages.

— Jamais il ne me serait venu à l'idée de me prendre en exemple pour mes toiles.

« Tu devrais pourtant, mon cher. Tu me parais aussi beau et sensuel que les hommes que je crée. »

— Vous devriez essayer.

Saskia venait de briser la glace avec ce peintre reconnu. Elle n'en revenait pas de l'aisance avec laquelle elle lui avait avoué ses secrets. Chaque fois qu'elle présentait ces photos tirées de son porte-folio, elle ne faisait jamais allusion au fait que les corps féminins qu'on y voyait étaient en réalité un amalgame du sien.

— Et vous posez souvent nue de cette façon ?

Saskia, dont le rêve ultime était de poser nue un jour pour un grand maître, sauta sur l'occasion, non sans démontrer une petite gêne.

— Je n'ai jamais posé nue sauf pour les fois où j'ai posé nue pour moi toute seule, comme vous le voyez.

— Mais, Saskia, comme nous ne sommes jamais les meilleurs juges de ce que nous réalisons, vous n'avez pas idée à quel point un autre artiste saurait mettre beaucoup plus en valeur votre corps. Ce pourrait aussi être sous forme de sculpture. À en juger d'après ces photos, vous gardez cachés de multiples trésors.

« J'aimerais bien te les montrer, mon cher Philippe. »

— Je n'ai fait que mettre en valeur ce que j'aime le plus de mon corps : mes cheveux, mes seins et le haut de mes jambes.

Philippe, qui se trouvait à Paris pour ses expositions, n'avait évidemment pas apporté avec lui son attirail de chevalet, de toiles vierges, de pinceaux, de couleurs. Il voyait là une occasion en or de peindre un autre chef-d'œuvre.

Cette fois, la femme serait nue. S'agissait juste de poser la grande question à Saskia.

— Saskia, je sais que nous nous connaissons à peine mais accepteriez-vous de poser pour moi?

Saskia mourait d'envie de se faire poser cette question, LA question qu'elle avait tant de fois voulu se faire poser mais pas par n'importe quel peintre. Et c'était nul autre que Philippe Rivard, le grand Rivard, qui la voulait comme mannequin.

— Mais, je n'ai jamais fait ça.

— Si, si, vous en avez l'habitude mais j'aimerais dévoiler, sous d'autres formes, d'autres positions, vos charmes naturels.

Et si on posait en couple?

— Et où et quand pourrions-nous réaliser ce portrait?

Philippe sentait bien que Saskia était prête. Non seulement il réaliserait un style d'œuvre encore inconnu de lui mais Saskia le fascinait. Il était aveuglé par la beauté de cette jeune artiste.

— J'ai un copain qui possède un petit atelier, un petit studio, dans le cinquième arrondissement, près d'ici. Je lui passe un coup de fil. Tiens, mangeons un morceau en attendant.

— Garçon, deux steaks frites et une carafe de rouge!

Deux heures plus tard, Saskia et Philippe étaient dans le petit atelier du copain. Tout y était: la panoplie du parfait peintre, une immense toile blanche montée sur un chevalet, un éclairage sombre, propice à ce genre d'intimité.

— Saskia, je vais d'abord tracer un portrait au fusain pour ensuite le transposer sur la toile. Mais, comme vous le savez, il s'agit d'un exercice qui peut prendre du temps.

«J'ai tout le temps qu'il faut...», se disait-elle.

Saskia, ne montrant aucune pudeur, enleva son jean, puis sa petite culotte, puis son chandail. Elle était toute nue devant Philippe qui l'admirait.

— Saskia, vous êtes si belle, si belle.

Elle s'avança vers lui au lieu d'aller s'installer sur le tapis.

Il n'avait d'yeux que pour ses seins bien ronds, bien fermes.

— Philippe, caresse-moi. Faisons l'amour comme si nous étions sur une de mes toiles.

Elle détacha la chemise de Philippe, la lui retira et colla sa poitrine sur la sienne. Philippe sentait une telle chaleur. Il lui caressa le haut des fesses, langoureusement. Il tomba assis sur la chaise derrière lui, le torse nu. Elle s'installa assise sur ses jambes, laissant bien en vue son sexe entrouvert qui en demandait. Elle lui saisit le pénis au travers son pantalon.

— Philippe, je te sens, je te veux.

Ils étaient, tous les deux nus, sur la chaise. Saskia se releva légèrement pour permettre à Philippe de la pénétrer et les moments suivants furent tout simplement magiques. Ils jouissaient en même temps, ils partageaient l'extase. Leurs lèvres se collaient inlassablement les unes contre les autres. Elles ne pouvaient plus se détacher.

— Je suis en toi, je te sens. Tu fais partie de moi.

Philippe saluait les anges de cette rencontre inespérée faite au hasard d'un pastis il y a quelques heures.

— Philippe, maintenant, comment m'imagines-tu sur une toile?

— Beaucoup plus sensuelle que sur tes photos.

— Allons-y.

Saskia, toute en sueurs, prit place sur le tapis afin que Philippe puisse choisir la meilleure position pour rendre hommage à ce corps parfait.

— Saskia, j'aimerais que tu poses tes mains derrière toi, en gonflant ta poitrine et en laissant tomber tes cheveux de chaque côté de tes seins. J'aimerais aussi que tu tendes tes jambes en les écartant que je puisse admirer ton sexe. C'est ainsi que je te vois.

Mais la pose que prenait Saskia était trop provocante. Nu derrière son chevalet, Philippe laissa tomber ses pinceaux et, encore une fois bien en érection, s'agenouilla au-dessus des jambes de Saskia qui lui fit une longue fellation. Il se retourna ensuite et mit sa tête entre les jambes de Saskia. Sa langue s'enfonça profondément dans son vagin, ses mains caressaient les jambes. Il ramena la belle peintre au nirvana. Il devenait fou à la senteur produite par cette jouissance. Même dans ses rêves les plus fous, Saskia ne s'était jamais retrouvée entourée d'une telle aura de plénitude. Ni même Philippe.

De quoi rendre jaloux les Monet, Renoir, Van Gogh et Rembrandt d'une autre époque et toutes les Madame-la-Marquise qui offraient leurs corps pour leurs toiles.

Ils étaient épuisés, complètement vidés. Saskia et Philippe, allongés sur le dos l'un à côté de l'autre sur le tapis de poils longs, se tenaient la main.

— Je ne pense pas que Rembrandt ait fait la même chose avec sa Saskia.

Philippe se retourna d'un demi-tour et regardait le visage illuminé de Saskia. Il lui caressait à nouveau les seins, remontait sa main dans sa chevelure de déesse. Il la redescendait sur ses fesses si douces.

— Saskia.

— Oui Philippe.

— Je m'apprête à réaliser et peindre le plus grand chef-d'œuvre de ma vie. Quand Rembrandt eut terminé ses portraits de sa Saskia, il les intitula : *Saskia en flore, Saskia avec une fleur et Saskia van Uylenburgh.* J'intitulerai cette toile : *Saskia la beauté nue.*

Il commença alors à tirer quelques traits au fusain sur une petite maquette. Il reproduisait fidèlement toutes les courbes de Saskia. D'un simple coup, Philippe donnait âme à ce corps qui venait de lui appartenir. En le transposant sur la grande toile, il l'animerait encore plus. Cette fois, la beauté réelle de Saskia serait à son juste titre.

Et Saskia posait, bien que très fatiguée. Elle voulait vivre pleinement ce moment. Déjà que le décalage horaire faisait son œuvre, elle avait offert son magnifique corps à Philippe et le lui présentait encore pour qu'il l'immortalise sur une toile.

Philippe avait rapidement réalisé un petit brouillon de ce qui serait la plus grande réussite de sa carrière de peintre.

— J'ai fini Saskia. Le brouillon est terminé

Mais Saskia ne lui répondit pas. Elle s'était endormie, complètement à bout.

Philippe se mit donc au boulot, fixa solidement la toile vierge et, encore nu, reproduisit fidèlement le corps de sa belle Saskia. Il y travailla toute la nuit, voulant à tout prix avoir terminé son chef-d'œuvre à l'aube au réveil de Saskia.

Entre chaque coup de pinceau, il admirait ce corps étendu devant lui, cette Saskia partie dans les bras de Morphée. À chaque regard, il trouvait une façon de lui donner encore plus de vie comme si tout ce qu'on voyait d'elle sur la toile bougeait sans cesse. Philippe s'était dit que cette toile connaî-trait un immense succès une fois exposée à la grande galerie d'art de Lausanne en Suisse, là où les collectionneurs pullu-lent et ne lésinent pas quand vient le temps de payer de fortes sommes pour une telle peinture. Sa renommée était assurée. Et, après *Saskia la beauté nue*, il peindrait *Saskia mon ange* et puis *Saskia ma vie*.

Les heures passèrent, Philippe mettait encore plus d'ardeur à achever son tableau. Plus il arrondissait les seins de Saskia, plus il donnait des formes sublimes à ses fesses, ses hanches, plus l'inspiration lui venait. Cette *Saskia la beauté nue* était devenue beaucoup plus qu'une muse pour lui. Elle l'enjôlait.

— Philippe, Philippe, où es-tu?

— Ici Saskia, tu as bien dormi mon ange?

Saskia avait peine à se lever. Ces heures de sommeil lui avaient fait grand bien. Elle s'était assouvie heureuse, comblée. Elle avait rêvé à cette toile que terminait Philippe. Elle s'était vue sur tous les angles et aucune pudeur ni gêne ne l'envahissait. Elle se leva.

— Philippe, puis-je la voir?

Philippe venait tout juste de donner le dernier coup de pinceau à ce chef-d'œuvre.

— Oh, mon Dieu! Mais, mais, Philippe, mais qu'as-tu fait?

— Saskia, cette toile ne se retrouvera jamais dans une exposition, ou dans une galerie ou encore sur le mur d'un collectionneur.

— Mais, Philippe, c'est merveilleux, c'est fantastique!

Durant la nuit, Philippe avait décidé de modifier son idée première. *Saskia la beauté nue* montrait bien tous les charmes de son corps, reproduits exactement mais, sur cette toile, Saskia était recroquevillée par-dessus les cuisses de Philippe qui la pénétrait…

C'est comme si la toile parlait, gémissait même.

— Vois-tu, Saskia, jamais personne au monde n'aura le droit de contempler cette scène. Elle restera à tout jamais entre nous et avec nous.

Ils étaient encore nus, un devant l'autre, et s'admiraient.